アン・ブロンテ

二十一世紀の再評価

大田美和 著

中央大学
学術図書
68

中央大学出版部

装幀　道吉　剛

アン・ブロンテ*目次

アン・ブロンテ　二十一世紀の再評価

序章

ここ数年のブロンテ姉妹研究を振り返ると、めざましい発展を遂げているのは、小説『ワイルドフェル・ホールの住人』を中心としたアン・ブロンテ研究であろう。

現在ではアン・ブロンテの代表作とみなされている小説『ワイルドフェル・ホールの住人』は、作者の姉であるシャーロット・ブロンテによる低い評価がその後の評価に決定的な悪い影響を与えるという不幸な出発をしている。これに小説の冒頭部の欠落した版が出回るという不幸が重なった。しかし、一九九二年に完結したクラレンドン版のブロンテ全集の刊行によって、テクストの不備が遅蒔きながら整って以来、その後、研究書や論文が続々と書かれている。同時に、文学テクストの内在的批評よりも外在的批評の盛んな現在の批評風土が、アン・ブロンテの作品研究にとっては、追い風になっている。

最近では、ブロンテの三大作品として、『ジェイン・エア』『嵐が丘』『ワイルドフェル・ホールの住人』をまとめて一冊にした本も、英米では出版されている。世紀の変わり目前後に出された事典（コンパニオン）類には、一九九〇年以前に比べて、アン・ブロンテに割いているページが明らかに増えている。デアドル・デイヴィッド編の『ケンブリッジ版ヴィクトリア朝小説事典』(1)には、ジェフ・ヌノカワの「ヴィクトリア朝小説におけるセクシュアリティ」という論文が収められており、そこでは『虚栄の市』『ジェイン・エア』『アダム・ビード』『われらが共通の友』という個々の小説論の前にまず、アン・ブロンテと欲望の修練について論じられている。[2] また、フランシス・オゴルマン編の『コンサイス・ヴィクトリア朝小説事典』[3] には、一行だけだが、画家ヘレンについて言及がある。また、パトリック・ブラントリンガー、ウィリアム・B・テシング編『ヴィクトリア朝小説事典』[4] には、家出したあとのヘレンが病気の夫の看護に戻るという行動は個人的な良心の問題だと論じる部分がある。ただし、ハーバート・F・タッカー編の『ヴィクトリア朝文学・文化事典』[5] にはアン・ブロンテとその小説についての記述はない。

アン・ブロンテを単独に扱った研究書としては、まず、前世紀末にベティ・ジェイ著『アン・ブロンテ』（二〇〇〇）[6] が出版され、今世紀のはじめにジュリー・ナッシュ、バーバラ・A・シューズ編『アン・ブロンテの文学芸術への新しいアプローチ』（二〇〇一）[7]、メアリ・サマーズ著『アン・ブロンテ　親たちの教育』（二〇〇三）[8] が出版された。いよいよアン・ブロンテのテクストも、他のブロンテのテクスト同様に、豊穣な現代批評理論という武器をもつ批評家たちの餌食になりつつあるという嬉しい予感がする。

振り返れば、二十世紀にはまず、エミリ・ブロンテの『嵐が丘』評価の上昇があり、次に、シャーロット・ブロンテの『ヴィレット』の再評価があった。ポストコロニアル批評によって、逆説的に、『ジェイン・エア』の再正典《キャノン》化が行われたことも、文学理論に関心を持つ者すべてが知っている出来事である。そして、最後に、アン・ブロンテの全作品をシャーロットの思いこみとそれに影響された批評を廃して、精読し、再評価するという作業がついに本格的に始まった。

わが国では、アン・ブロンテの研究書や論文はきわめて少ない。一九九六年のブロンテ全集（みすず書房刊）の刊行まで『ワイルドフェル・ホールの住人』の翻訳もなかった。英米の再評価に遅れて、日本ブロンテ協会の会員たちにより『アン・ブロンテ論』（英宝社、一九九九）が出版されたほか、多数の単独の論文が発表されているが、単独の研究者によるアン・ブロンテ論は、山口弘恵の『アン・ブロンテの世界』(開文社出版、一九九二)のみにとどまっている。

英米ではアン・ブロンテはじめ、二人の姉とは異なる道徳性や宗教性ゆえに低い評価を受けていた。日本でも事情は変わらない。たとえば、アン・ブロンテは道徳について真剣に考えたというと、何か古めかしい、保守的な響きがある。宗教についても、似たような反応があるのではないだろうか。宗教的な作家、宗教に関心のある作家というと、同じように保守的と決めつけたり、いわゆる抹香臭い、近づきがたい作家という思い込みが生まれたりするのではないかと思われる。アン・ブロンテの深い信仰心を文学者としての限界と見る必要はないという議論は、森松健介が行っているが、日本のブロンテ研究者の中では残念ながらこのような見方はまだ少数派である。(9)

道徳的な作家としてアン・ブロンテよりも有名なのはジョージ・エリオットであるが、この作家も、ポストモダニズムの現在、けっして保守的なリアリズムの作家というだけにはとどまらない要素が注目されるようになっている。そのことは、二〇〇四年八月に英国ウォリック大学で開催された国際ジョージ・エリオット会議(10)のテーマが「困難だが魅力的な認識と理解」であることからも伺えるだろう。だが、エリオットは日本の大部分の文学研究者や読者にとっては、いまだに古臭い作家としてとらえられているという現状がある。

それでは、日本の文学風土においては、アン・ブロンテが受容しにくいのかというと、必ずしもそうではないだろう。たとえば、みすず書房のブロンテ全集で『ワイルドフェル・ホールの住人』の邦訳が初めて出版されると、詩人の井坂洋子は、ただちに書評欄でアン・ブロンテの、姉たちに負けない筆力、優れた心理描写とストーリーテリングの才能を賞賛している。(11)これ一つを見ても、日本においてアン・ブロンテを受容する素地はあると確信する。これまでの紹介のされ方に問題があるのだ。

F・R・リーヴィスが言ったように「ブロンテ姉妹は一人」[12]ではなく、共通点を持ちながらも独自の個性をそれぞれ持っていた三人の作家である。父の教育の影響、限られた読書体験、伯母の宗教観、ガヴァネス（住み込みの家庭教師）の体験、ハワース、ヨークシャーという地域性など、三姉妹には、確かに共通点がたくさんあるが、よく比較してみると、たとえば、世の中の不正に対して、驚くほど異なる姿勢を取っていることがわかる。ブロンテの中で誰が最も優れているかという議論は、いくたびも行われているが、文学の世界の豊穣を願うならば、誰か一人をブロンテ姉妹の代表としてあとの二人を省略するという態度よりも、三人三様の到達点を峻別するほうが実り多いのではないだろうか。彼女たちが同じ両親の子でなかったなら、三人でひとくくりではなく、まちがいなく、三人とも、一人の優れた作家として、文学史のページを飾っていたにちがいないと確信するからである。

三人のブロンテ姉妹の再評価がそれぞれ、作品を伝記から切り離して読むということから始まったことに鑑み、本書でも、基本的にはそれと同じ姿勢を取ることにする。ただし、これと一見矛盾するようではあるが、同じ作家の他のテクスト（日記、手紙、実人生での発言）との相互作用によって、当該作品が生成されたという見方に立って、文学テクストの生成過程を考える際には、利用できるテクストはどん欲に利用していく。

この方針にしたがって、アン・ブロンテの二つの小説、詩、手紙について、順番に見ていくことにしよう。

第一章　『アグネス・グレイ』（一八四七）

小説『アグネス・グレイ』のあらすじ　貧しい教区司祭の末娘アグネス・グレイは家計を助け、一人前になるためにガヴァネス（住み込みの家庭教師）として働きに出る。そして、新興成金のブルームフィールド家、ついで上層中産階級のマリ家の道徳的堕落に対して孤軍奮闘する。父の死後、ガヴァネスをやめて、母と海辺の学校を経営したあと、ひそかに慕っていた司祭ウェストンと再会し、結婚する。

（1）一人称の語りにおける殉教者／ヒロインであるアグネス

単なる自己規制とは異なる語りの二重構造

『アグネス・グレイ』は、一読したところ、ガヴァネスの体験を通して成長する少女の単純な一人称の物語であるように見える。しかし、その一人称の語りの方法を丁寧に分析してみると、この小説は、読者に教訓を与える成長物

語であるというだけでなく、周到綿密な計算に基づく語りから成る文学テクストであることが明らかになるだろう。

『アグネス・グレイ』の語りについて論じる研究者たちは、第一章の「私は思いきって、一番の親友にも打ち明けるつもりがないようなことを、世間の前に率直に提示することにする」と宣言された語り手の方針が、第十一章でウェストンへの恋の兆しとともに揺らぎ始め、第十三章で「天上の天使すべてには喜んでお見せするが、たとえもっとも善良で親切な人であっても、同じ人類には見られたくないような幾つかの思いがあるものだ」という言葉によってはっきりと変更されることに注目して、この小説の語りにおける省略や沈黙の多用について論じてきた。

ジャネット・H・フリーマンは、『アグネス・グレイ』では、もともと口数の少ない主人公が、雇い主たちの空疎な言葉に接したり、価値ある言葉がその価値を盗まれたりするような体験を通して、世間での言葉の使われ方について学び、世間の言葉に対する自分の言葉の無力さを知って、皮肉屋になり、沈黙に向かうが、主人公が語り手になった時には、逆に世間を沈黙させて自分の言葉に耳を傾けさせるようになると考えている。(1)そして、読者と世間の言葉に不信感を持つ語り手が言外で語っていることを読みとろうとしている。

マリア・H・フローリーは、アンの全作品のキーワードは、「秘密」「沈黙」「孤独」であると主張する。(2)「秘密」は、弱い立場にある語り手の防衛機能として働く一方で、感情を内に閉じこめるという負の作用でもある。「沈黙」もまた、語り手の権力のなさを示す一方で、話すことの拒否によって行使される語り手の権力をも示している。これらのキーワードを、語り手の自立の問題とからめて、個人のアイデンティティは安定しているのかという問題を追求したのが、アンの作品だとフローリーは考えている。

ここでは、以上の研究を踏まえながら、『アグネス・グレイ』の語りの複雑さの分析をさらに進め、省略や沈黙の多用によって、この語りがどのような主人公を提示しようとしているのか、どのような方向性を持った語りをめざし

ているのか考えてみたいと思う。この問題を考える上で、まず注目したいのは、語り手が二度目のガヴァネスとしての勤め先に向かう際のわくわくした気持ちを、自己批判しながら語っている部分である。

そしてついに、こうした明るい想像が私のさまざまな希望と混ざり合った。その希望は、子どもたちの世話とかガヴァネスの単なる義務とは、ほとんど、あるいは全く無関係であった。だから読者は、親孝行の殉教者と見てもらう資格など私にはなく、私が生活を支えて両親を楽にするために貯えをするという目的のためだけに、進んで心の平穏と自由を犠牲にしようとしたわけでもないことがおわかりになるだろう。（第六章）（傍線部は著者による）

若者が人生の門出にあたって、希望と不安の入り混じった期待を表明している。これと同じような心境を、アン・ブロンテの姉シャーロット・ブロンテは、『ジェイン・エア』の語り手ジェインに述べさせているが、ジェインは、広い世間を見たいという欲求の表明を「人間は行動しなければならない」（第十二章）という言葉から始めて、フェミニスト宣言にまで押し進めている。ところが、アン・ブロンテの語り手アグネスは、世間に乗り出す際の若者にとっては当然と思われる心の躍動を認めながら、それを規制しようとして、「世間を見てやろうといい気になっていた」（第六章）と反省している。ここで注目したいのは、アンの語り手の自己規制がジェインよりも強いということではない。「親孝行の殉教者と見てもらう資格など私にはなく」という言葉に表れた自己認識のあり方に注目したい。語りの表面に表れるのは、親孝行の殉教者であるが、それとは別のアグネスがいると語り手は認識しているのである。

それでは、親孝行の殉教者ではないアグネスの語りは、どのような場面で出現しているのだろうか。それはまず、恋の場面に表れると見ていいだろうが、それは次にあげる場面のように、語り手の心に残る恋人ウェストンの表情やしぐさや言葉を語りの上では省略して、それを繰り返し反芻したことのみ読者に伝えるという抑制の効いた方法で行われている。

ついに、私は希望を持つことをあきらめた。私の心もそれが全くむだなことを悟ったからである。しかし、それでもなお、私は彼のことを考えたものだ。彼の姿を心に持ち続け、覚えているかぎりのあらゆる言葉、表情、しぐさを大切に心にしまっておいた。彼の美点と特質を思い、そして実際に、彼に関して見たり、聞いたり、想像したりしたあらゆる点をじっと考えた。（第二十一章）

この章の冒頭では、母と海辺の町に学校を開いたアグネスが、訪問者が来たり、手紙が届いたりするたびに、ウェストンではないかと心を躍らせた様子が語られている。その直後に、恋人のことばかり考えて姉や母のことを疎かにしたことで、語り手が執拗に自分を責める言葉が続き、そのような態度を改めようとする決意が次のように述べられている。

でも、私は思っていたよりもずっとだまされやすかった。さもなければ、表のドアをノックする音がして、ドアを開けたメイドが「殿方がお会いしたいと申しております」と母に伝えるのを聞いて、なぜ胸が高鳴ったのだろうか。そして、それが学校に職を求めに来た音楽の教師だとわかったからといって、なぜそのあと一日中不機嫌になったのだろうか。そして、郵便配達が手紙を配達に来て、母が「アグネス、あなたによ」と一通投げてよこしたとき、なぜ一瞬息が止まったのだろうか。そして、その手紙のあて先が殿方の字で書いてあるのを見て、なぜ顔に血が上ったのだろうか。そして、ああ、そして封を破ってそれが姉のメアリからの手紙に過ぎなくて、何かの理由で彼女の夫が宛名を代わりに書いたと知ったとき、なぜあんなに身体がさっと冷たくなって気分が悪くなるような落胆の気持ちを味わったのだろうか。

それではこういうことになるのだろうか。たった一人の姉から手紙をもらってがっかりしたということに。それが姉に比べれば他人同然の人の手紙ではないからなのか。メアリ姉さん、あんなに親切に書いてきて下さったのに。私が手紙をもらえば嬉しいと思っていらしたのに。私はその手紙を読む価値もない人間だ。

……（中略）……

でも、お母さまを置いて死ぬなんてできない。お母さまのことを一瞬でも忘れるとは、なんて自分勝手で恥ずべき娘なんだろう。（中略）神の助けによって、与えられた義務を勤勉に果たすことにしよう。この世の幸せが私には与えられないのなら、私の周りの人を幸せにするように努めよう。そうすれば、来世で報われるだろう。私は心の中でそう言った。そしてそれ以来、エドワード・ウェストンのことに思いをはせるのをごくたまに喜びとすることにした。そして、夏が近づいたからか、このような良い決心をしたからか、時の流れのせいか、もしくはそれらすべてのおかげかもしれないが、心の平静はまもなく取り戻された。そして身体の健康も同じようにゆっくりとだが確実に戻ってきた。

（第二十一章）（傍線部は著者による）

語り手が、読む者に痛ましさまで感じさせるほど猛反省したことを述べたあとで、その後の健康の回復は良い心掛けからだけでなく、現実的な季節の変化と自然治癒のおかげでもあると考えているところが面白い。この語り手は、信仰心篤く、義務を大切に守る道徳家であるが、論理的に物事の原因を考えるときには、信仰や義務を何よりも第一に考えるのではなく、科学的客観的な思考の論理をたどる人なのである。

同じ章の最後で、准男爵と結婚したかつての教え子ロザリーからの手紙を受け取って、招待を受けることに決めた時の動機の説明のしかたも、興味深い論理の道筋をたどっている。


私はこの奇妙な手紙を母に見せて、どうするべきか相談した。母は私に「行きなさい」と助言したので、私は行った。アッシュビー夫人にも赤ちゃんにも会いたかったし、彼女のためになるなら、慰めなり助言なり、できることは何でもしてやりたかった。というのは、ロザリーは不幸せに違いない、そうでなければこんなふうに私に訴えてくるはずがないからだ。しかし、快く了解したとはいえ、招待を受けることで私は彼女のために大きな犠牲を払ったし、さまざまな点で私の感情を害したということを感じていた。他の人だったら、准男爵夫人から友だちとして訪問してほしいと乞われる名誉に喜ぶところだろうが。

　しかし、私は訪問はせいぜい二、三日と決めていた。それに、アッシュビー・パークはホートンからそんなに離れていないから、たぶんウェストンさんに会えるのではないか、少なくとも彼の噂が聞けるのではないかと思って、いくらかの慰めとしたということを否定するつもりはない。（第二十一章）

彼女は招待を受ける動機について、まず、母の勧めがあったこと、それから、ロザリーと赤ちゃんに会いたいこと、以前のガヴァネスに招待の手紙を書いてくるほど不幸なロザリーに何かしてやりたいという気持ちというように、順番に述べてから、招待は名誉というよりは迷惑であり、犠牲を払い、感情に背くことだと述べ、最後に付け足しのように、ウェストンのことに触れている。親孝行者らしい動機をまず述べてから、理想的な教師にふさわしい動機を述べ、次にそれとは反対の本音を述べて、最後に一番重要なウェストンへの未練という動機を述べているのである。このように、肉親のことをまず大事にするべきだと考える語りには、親孝行の殉教者でありたいという語り手の欲望が表れている。

若者らしい心の躍動を感じながらそれを抑えようとする語り手は、語りの方法として、親孝行の殉教者のような語りを中核に置きながら、その語りを批判するという方法、別の言い方をすると、殉教者ではないアグネスの物語が存在する可能性をところどころで示唆するという方法をとっている。殉教者としての語りは、たとえば、「私はこの屋敷で道義をたえず公言し、いつも真実を語り、常に性癖を義務に従わせようと努めた、ただ一人の人間だったのだから」（第七章）という自己認識や、「先生はあらゆることにご自分の意見を持っていて、しかもそれを固く守っている――もっとも退屈な意見であることが多いけれど。それというのも、何が正しく何が間違っているかをいつも考えていて、宗教に関係することに対しては、一風変わった敬意を払い、善良な人々をわけがわからないくらい好きになるのだ」（第七章）という生徒の意見によって補強される。ただし、この生徒の意見には、「退屈な」「一風変わった」「わけがわからないくらい」という修飾語を使うことによって、殉教者的な語りに対する揶揄と批判が加えられていることを見落としてはならない。

殉教者でない語りが最も激しい形で表れるのは、有名な雛殺しの場面の前である。雛殺しの場面とは、生徒のトムが五羽の雛の入った巣を手に入れて、アグネスの説得を聞かずに、さまざまな方法でいじめて殺すつもりだと知って、アグネスが大きな平たい石を雛たちの上に落として一息に殺してしまう場面である。この場面の直前で、語り手は、動物を虐待する残忍なロブソン氏に対して「私は貧しかったけれども、犬が後で罰を受けることがないなら、彼の飼い犬の一匹が彼にかみつくのを見たらいつでも喜んでソヴリン銀貨をやったことだろう」（第五章）と述べる。この穏やかならぬ言葉は、次の雛殺しという暴力的な場面への自然な導入になっているため、あまり目立たないが、よく読むと、さりげないが、凄みのある一言であることがわかる。殉教者でない語りは、弱者の抵抗としての暴力という形で、ここにほんの一瞬表れているのである。

殉教者的な語りとそうでない語りという二重構造は、主人公をアグネスと命名したところにも表れている。アグネスとは、四世紀はじめに異教徒との結婚を拒んで殉教した古代ローマの少女の名前で、彼女は死後、守護聖女とされ、一月二十一日がその祭日となっている。[3] ジョン・キーツの『聖アグネス祭前夜』[4] では、聖アグネス祭前夜に、断食して祈禱して寝ると、夢の中で未来の夫に会えるという言い伝えが紹介され、仇同士の家に生まれたポルフィーロとマデラインのロマンティックな恋物語が中世的な雰囲気の中で語られる。キーツにおいては、恋人たちとは別に、祈禱中に死ぬ老僧に殉教者の役が当てられているが、『アグネス・グレイ』では、主人公アグネスは、殉教者であると同時に、慎ましい形ではあるが恋物語のヒロインでもあるという離れ技を演じるのである。[5]

フリーマンは、世間に出て苦難を経験したアグネスが、言葉に対して同じ感受性を持つウェストンと結ばれて手を携えて世間を後にすると、この小説の結末を解釈しているが、[6] それはまさに、『聖アグネス祭前夜』の恋人たちが駆け落ちして何処とも知れず姿を消すという結末と響き合うものがある。[7]

ところで、今見てきたような語りの二重構造という読み方は、アン・ブロンテ自身の一生についての解釈にもあてはめることができるだろう。アンについて、シャーロット・ブロンテの親友エレン・ナッシーは「スカーバラへの旅という試練と疲労を通して彼女は殉教者の敬けんな勇気と不屈の精神を示しました」[8] と述べ、シャーロット・ブロンテは「悲しいことですが、彼女の無垢な一生は、他人に打ち明けることのない肉体的な痛みという受難のもとに過ぎたかのように思われます」[9] と述べて、二人ともアン・ブロンテを殉教者に見立てており、われわれはこの見方にずっと支配されてきた。しかし、最近のアン・ブロンテの研究者たちは、それとは違うアン・ブロンテの一生を発掘しようとしており、彼女の作品の読みにも同じ視点が要求されるのである。

『アグネス・グレイ』の語りと日誌の語り

これまで、第六章から始めて、語りの二重構造について考えてきたが、殉教者ではないアグネスの語りは、そもそも小説の冒頭に、最もはっきりした形で表れている。

実際、本当のことを言えば、苦境に追いつめられ、自分で何とか切り抜ける他はないと考えると、何か浮き浮きした気持ちになった。私は父や母やメアリも、私と同じ気持ちならいいのにと願うばかりだった。そうすれば、過去の不幸を嘆くかわりに、元気よく災難から立ち直る仕事に取りかかれるかもしれない。困難が大きいほど、現在の窮乏がきびしいほど、窮乏に耐える元気が盛んになり、困難と闘う気力も大きくなるはずだ。

（第一章）（傍線部は著者による）

この部分を、ブランウェル・ブロンテが不倫のため解雇され、一家の気分が重く沈んでいた頃のエミリ・ブロンテとアン・ブロンテの一八四五年の日誌（七月三十一日付と七月三十日付）と対比して読んでみたら、どうだろう。小説というテクストと、作家の日誌というテクストを並べてみる作業には、抵抗を感じる読者がいるかもしれないが、同じ作者が類似した状況にあたっての心境を説明するために紡ぎ出したテクストとして、読み比べてみた時に発見できることは少なくない。次に引用するのは、はじめがエミリの書いた日誌の一部で、次がアンが書いた日誌の一部である。

アンは自分から進んでソープ・グリーンの職場を去った。〔アンとのヨークへの一泊旅行でゴンダルごっこを楽しんだことを語り、学校経営の計画が失敗に終わったと述べてから〕もう私は学校なんて要らないし、シャーロットとアンももう学校のことをそれほど言わなくなった。当面必要なお金は十分あるし、増える見込みもある。パパは目のことでこぼしているが、皆の健康状態はまずまずだ。ブランウェルという例外はあるが、今後よくなっていくと思う。私は自分に満足している。…（中略）…私はどうにもならないことに悩んだりしない。皆が私のように気楽に構えて、失望せずにいられたらいいのに。そうしたら、私たちはまあまあの暮らしができるはずだ。

（傍線部は著者による）(10)

私はソープ・グリーンから逃れてきたばかりだ。四年前にこの日誌を書いた時もやめたいと思っていたが、もう四年いたらどんなにみじめな思いをするかあの時わかっていたらよかったのに。そこにいた間に、私は人間の本性について非常に不愉快で夢にも思わなかった幾つかのことを実感してしまった。…（中略）…ブランウェルはラデン・フットの職場をやめて、ソープ・グリーンで教師をしていたが、非常な苦難を経験して病気になった。…（中略）…この前この日誌を書いた時、私たちは学校を作ることを考えていた。計画はつぶれ、しばらくしてまた持ち上がり、またつぶれた。生徒が来なかったのだ。シャーロットは別の計画を考えている。パリに行きたいらしいが、行かれるだろうか。…（中略）…ゴンダル人たちは惨めな状態にある。…（中略）…ゴンダルは概してあまりうまく行っているとは言えない。書き直せるだろうか。(11)

この日誌は、双子のように仲のよい「ゴンダル」の共同執筆者であったエミリとアンの決別を示す証拠としてたびたび引用されてきた。しかし、ここでは、これに、いつもとは違う光をあてて読んでみたいと思う。『アグネス・グレイ』の「父や母やメアリも、私と同じ気持ちならいいのにと願うばかりだった」という部分は、ブランウェル事件を災難とは考えなかったエミリに近い気分の表明である。しかし、エミリの自己充足的な気分は、『アグネス・グレイ』の語りの気分とは明らかに異なる。難局にあたって「浮き浮きし」「困難が大きいほど、闘う気力も大きくなるはずだ」というのは、この日誌を読むかぎりでは、学校計画が失敗してもパリ留学をもくろみ、再起を考えるシャーロットに近い気分と言えるかもしれない。しかしながら、「浮き浮き」すると同時にその気分を不謹慎と考えて反省するのは、やはりモラリストのアンならではの気分の表明であろう。

『アグネス・グレイ』もまた、一八四五年の日誌のように、「双子」のエミリからの決別を示すものとみなされてきたが、二人の決別を強調する余り、これまでわれわれは、この二人の違いばかりに目を奪われがちであった。もっとも、アン・ブロンテの作品をきちんと読んでいる研究者の中には、メリン・ウィリアムズのように、エミリとアンの間には、シャーロットとの共通点以上に共通点が多いと考える者もいないわけではない。(12) ウィリアムズの主張に賛成しながら、私が付け加えたいのは、二人の共同執筆期間がかなり長かったことを思えば、『アグネス・グレイ』にはアンがエミリと共有していた部分の残滓があると考えるのも、けっして無理ではないように思われるということである。

それでは、『アグネス・グレイ』の語り手が規制しようとしたのは、ゴンダル世界の躍動感、言い替えると、エミリ的なアモラルな語りの気楽さなのだろうか。初めのゴンダル世界の躍動感の規制ということについては、『アグネス・グレイ』が、シャーロットの「アングリア」に対する『教授』であると考えれば、納得が行く。しかし、後のほうの、エミリ的な世界のアモラルな語りの気楽さということに結論を出すのは、「ゴンダル」が完全な形で残っていない以上、ほとんど不可能であり、残っている作品の比較をして、推測するしかない。エミリの『嵐が丘』と、それを明らかに意識した『ワイルドフェル・ホールの住人』との徹底的な比較研究が必要になるだろう。この比較は、言うまでもないことだが、従来のように、『嵐が丘』のほうが数段優れているという結論を用意した上での、『嵐が丘』を中心に置いた比較であってはならない。[13]

『アグネス・グレイ』の母娘関係

この比較は第三章に譲ることにして、ここでは、『アグネス・グレイ』の作品内部に、この躍動感すなわち、殉教者ではない生き方を体現している人物がいないか探すことにしよう。そうすると、難局にあたってもけっしてくよくよしないアグネスの母グレイ夫人が浮かび上がる。グレイ夫人は、この小説全体を通じて、アグネスにとって理想的な女性であり、憧れの対象である。[14]この二人の関係は、娘が父を愛し母を憎むというフロイトのファミリー・ロマンスとは違う母娘関係であるが、アグネスとグレイ夫人に大きな違いがあることもまた無視できない。

第一に、グレイ夫人はウェストンの訪問の際にもっぱら相手役を務めたことでわかるように、会話上手の社交家で、生まれつき寡黙なアグネスとは大きく異なる。[15]アグネスは、世間に出て、ブルームフィールド老夫人との関係で、「以前と同じ愛想のよい微笑と、うやうやしく思いやりのある声の調子で彼女を迎えたほうが、まちがいなく私のためになったことだろう」（第四章）と考えたり、アッシュビー夫人になったロザリーを訪問した時に、虚栄心を煽らないためにお世辞を言うのはやめようと一度は思いながらも、「どうして自分の誇りを守るために、彼女をがっかりさせなければならないのか？　彼女にささやかで無邪気な満足感を与えるために、自分の誇りを犠牲にしたほうがよい」

（第二十二章）と思い直して、部屋や家具をほめたりするなど、人間関係の潤滑油としての言葉を使ったコミュニケーションの必要性を認識する。それにもかかわらず、彼女は、人のまごころを裏切る言葉よりは寡黙を選ぶのである。第二に、貧しい家計を切り盛りしながら明るく振る舞うグレイ夫人のけなげさが、グレイ氏をかえって追いつめて、投機に走らせたこと、さらには、投機に失敗した後は自責の念がつのって、健康を損ねて死を早めたと、アグネスが語っていることも見逃せない。

プリシラ・H・コステロはこの夫婦について、「グレイ夫人は現実を把握することと、家計を司る能力において、この婚姻関係において配偶者より勝っていることがわかる」[16]と指摘している。語り手も、「母の快活さと父のむら気にもかかわらず、イングランドじゅう捜しても、この二人ほど幸せな夫婦は見つけられないだろう」（第一章）と述べて、この相思相愛の夫婦の性格の違いに潜む不和の芽を暗に示している。このような夫婦の抱える問題は、『ワイルドフェル・ホールの住人』のヘレンとアーサーの関係で、夫婦の問題のみならず、善意が人を追いつめるというモラルの問題として、発展的に追求されることになる。ここでは、母の子であるアグネスは、父の子でもあって、無意識に父を追いつめた母とは違う生き方を選ぶということを確認しておきたい。アグネスは「ガヴァネスになったらどんなに楽しいだろう！」（第一章）という言葉に表れているように、物事の明るい側面を積極的に見る性質を備えており、それは母の快活さと進取の気性を受け継いだ証拠なのだが、その一方で、その快活さは、父譲りの憂鬱な気質によって薄められているのである。

アグネスとウェストンの新家庭は、コステロが指摘するような、グレイ夫妻の家庭の再生産であるばかりでなく[17]、その家庭の内包していた危うさを、より司祭一家らしい寡黙と感情の抑制によって補完した家庭でもあるのだ。こうして見ると、アグネスも姉メアリも、結婚の際に母との同居を提案して、ある意味で親孝行の殉教者になろうとしたのに対して、グレイ夫人が、核家族の幸せを尊重して別居を決めたのは、興味深い。イギリス社会においては核家族化が他のヨーロッパ社会に先駆けて普及したことを考慮しても、グレイ夫人の経済的精神的自立を重視する姿勢は注目に値する。[18] ここでは、学校教師をやめて司祭夫人になるアグネスとは別の女性の生き方がグレイ夫人に託されているのである。そしてこの二つの女性の生き方は、一方が他方を批判するという形ではなく、互いに相手を尊敬や愛情によって認めるという形で並置されているのだ。

母の快活さや多弁と決別したアグネスの語りが最後にたどりつく境地は、第二十四章の冒頭の早朝の静かな砂浜の風景に表れている。この場面は、小説の最後近くの求婚の場面以上に重要な場面である。アグネスは、恋人との別離のショックから信仰と理性によって立ち直るのだが、エリザベス・ラングランドが「ウェストンとの結婚は、単にアグネスの自立への旅のコーダにすぎない」[19]と述べているように、彼女にとっては、結婚よりもまず自立が重要な課題なのだ。

以上のように、恋愛小説のみならず、小説が成立するぎりぎりのところまで切り詰められた抑制した語りを用いることによって、このテクストの語りは、殉教者でありヒロインでもあるアグネスの物語を語ることに成功したのである。

（2）アン・ブロンテの写生文——早朝の砂浜の場面

静かな解放感

『アグネス・グレイ』第二十四章の早朝の砂浜の場面は、アン・ブロンテの書いた文章のうち白眉といっていい。

「『アグネス・グレイ』はモスリンのドレスのようにシンプルで美しい散文小説だ」[20]と述べて、簡潔で抑制のきいた文章をほめたジョージ・ムアが、この場面を例としてあげていないのは奇妙なことだが、ムアが興味をもっていたのは、人物描写であって、情景描写ではないと考えれば、納得できる。残念なことに、このムアのコメントは、これまで批評家たちにあまり注意を払わずに使われてきた感がある。批評家たちは、ムアが『アグネス・グレイ』の何を指してほめたのかを、原典に戻って確認するという基本的な作業をせずに、アン・ブロンテを少しほめる必要があるときの常套句として彼の言葉を使ってきたのである。それは、ブロンテ姉妹の研究者たちがアンについて語るときにいかに労力を惜しんだかという残念な証拠とも言えるかもしれない。

アン・ブロンテの文章について、わが国では、『英語青年』のブロンテ姉妹特集の鼎談「一五〇年後のブロンテ姉妹」で、海老根宏が、この場面について、これは一種の写生文であり、プロットが静止している間の情景描写がアンはすばらしいという興味深い指摘をしている。[21]プロットが制止している間の情景描写の起源は、イギリス小説史ではおそらく、ゴシック小説にまで遡ることができるだろう。しかし、ゴシック小説においては、たとえば、アン・ラドクリフの『ユードルフォの神秘』[22]（一七九四）の最初の旅の場面では、プロットの進行を唐突に中断したまま、情景描写がなされるのに対して、アン・ブロンテの場合は、情景描写とプロットがゴシック小説よりも洗練された有機的な関係を獲得している。ここでは、この場面が名文であるだけでなく、『アグネス・グレイ』という小説の中で重要な場面になっていることを論じ、アン・ブロンテの文学の特質についての理解をさらに進めたいと思う。

六月の朝早くめざめたアグネスは、「世界の半分が眠っている間に、静かな街を通り抜けて、砂浜を一人で散策したらどんなに楽しいだろう」と思って、母を起こさないようにそっと戸を開けて外に出る。教会の時計が六時十五分前を告げる。町を抜け、誰もいない砂浜をしばらく歩き、それから低い岩場に降りるが、潮が満ちてきたから帰ろうと決める。問題にしたい場面はここまでで、この後、アグネスがかつての愛犬スナップと、ひそかに慕うウェストンに再会する場面は含まない。問題の場面の一部を以下に引用する。

それに加えて、言葉では言い表せない大気の清浄さと新鮮さ！　気温は、そよ風の価値を高めるほどの暖かさで、波は、海全体を揺らし続け、まるで狂喜するように泡立ち、きらめきながら、浜辺に打ち返せるほどの強さで吹いていた。他には何も動くものはなく、私の他に生き物は見当たらなかった。私の足跡が、まだ崩れていない固い砂浜につけられた最初の足跡だった。昨夜の満ち潮が昨日の一番深い足跡さえも消し去り、なめらかで平らにしてしまってから、引き潮が窪んだ水たまりの跡と小さなせせらぎを残していったのを別にすれば、私より先に砂浜を踏みつけたものはなかった。

私は、生き返ったように、喜び勇んで、元気を取り戻して、心配ごとは全部忘れて歩いて行った。まるで踵に翼が生えて四十マイルくらいは平気で進めるかのように感じながら、そして、子ども時代が終わってからずっと無縁だった爽快な気分を味わいながら。

（第二十四章）

引用に先立つ部分で、語り手は、空と海、太陽、崖とその上にそびえる丘、海中の岩、砂浜、波しぶきが生み出す効果は「どんな言葉でも描写することができない」といい、「言葉では言い表せない大気の清浄さと新鮮さ」と言う。しかし、この「言葉では言い表せない」という発言にもかかわらず、この場面で語り手は、新鮮で自由な朝の空気を呼吸して解放され、いつになく、なめらかで雄弁な語り口を獲得しているように見える。この場面は、それまでアグネスの語りが一貫して守ってきた寡黙と感情の抑制が唯一破られる場面と言える。

ウィニフレッド・ゲランは、アンの物静かな性格は強烈な刺激に対して最も活気づけられたから、荒れた時の海がアンは一番好きで、アンにとって海は「偉大なる解放者」だったと述べている。[23] 彼女がアンの最も優れた詩の一つと考える「風の強い日　森で書いた詩行」[24] は、ふだんは寡黙な人が自由に語り出した瞬間として、今問題にしている早朝の砂浜の場面と似ている。以下にこの詩の全文を訳出してみる。

私の魂は覚醒し　私の精神は飛翔する
そしてそよ風の翼に乗って　高みへと運ばれる
私の真上、まわりでは激しい風が吠え猛り
大地と海を目覚めさせ　狂喜させているから

長く萎れていた草が日の光にきらめき
葉を落とした木が高いところで枝をゆする
木の下では枯れ葉が楽しそうに踊り
青い空を白い雲が走り去っていく

今見えればいいのに
海がそのうねりの泡をしぶきの嵐に激しく打ちつけるさまを
今見えればいいのに

膨れ上がった波が激しく打ち寄せるさまを
今聞こえればいいのに
今日の波が荒れ狂う雷鳴のような轟きを

想像力を思うままに働かせて、現実にいる場所からは見えない海の波が荒れ狂うさまを描いたこの詩は、きらめく光、「狂喜」するような自然物の動きを描いているという点で、早朝の砂浜の場面と共通しているが、詩ではもっぱら何物にも制御されない、乱暴なまでに自由な動きが強調されているのに対して、小説の場合は、絶え間ない動きの中で静止している静謐な時間として現れている。「新鮮さ」「きらめき」「泡立ち」という言葉が繰り返され、「狂喜」していても、けっして激しすぎない状態があり、「そよ風の価値を高めるほどの暖かさ」で、「海全体を揺らし続けるほどの強さ」の風というように、均衡の保たれた状態が現れている。自然物ばかりでなく、語り手も、解放感に酔いしれるというよりは、心静かにその解放感を楽しんでいるのである。

誕生と再生　ディラン・トマス「十月の詩」

この早朝の砂浜の場面をより深く読み味わうために、比較の対照として、ディラン・トマスの詩「十月の詩」（一九三九）を合わせて読んでみたい。(25) ディラン・トマスは、二十世紀ウェールズの詩人である。時代も宗教観も季節も異なる二つの作品を並べるのはいささか乱暴かもしれないが、どちらの詩も、早朝の海辺の一人歩きから始まっているし、アグネスとは異なり、海に背を向けて丘に登る詩人の一人歩きの喜びが、アグネスの語りと同様に文のリズムを作りだしているところにも、共通点が見られる。

「十月の詩」は以下のように始まっている。

それは僕の天国に向かって三十年めの年のこと
波止場と近くの森から聞こえる音で目がさめた
ムラサキイガイが水たまりを作り、
アオサギが海辺で説教をし
朝が
祈りを捧げる水と、
カモメとミヤマガラスの呼ぶ声
魚の網が絡まった壁に帆船がぶつかる音とともに
僕に手招きをしたので
次の瞬間僕はまだ眠っている町に足を踏み入れて、歩き始めた

「十月の詩」では詩人の誕生日の朝の一人歩きは、子供時代を生き直す機会となり、詩人は再生と変容を経験する。

そして僕は雨の降る秋に立ち上がり
これまで生きてきた月日が雨となって降りそそぐ中を
外に向かって歩き出した

…（中略）…

そして僕はその変わり目ではっきりと見たのだ
忘れてしまった子ども時代の朝のことを
日に照らされた寓話と
緑色のチャペルの伝説の中を
母と一緒に歩いた日のことを

『アグネス・グレイ』の一人歩きの朝も、「子ども時代が終わってからずっと無縁だった爽快な気分」を味わっており、再生と変容の時であると考えることができる。

二つの詩の大きな違いは、「十月の詩」では鷗、烏、雲雀、鶫といった鳥たちのさえずりや岸壁に打ち当たる帆船の音や馬の嘶きが聞こえるのに対して、『アグネス・グレイ』では、「他には何も動くものはなく、私の他に生き物は見当たらなかった」というように静寂が支配していることである。アグネスも、誕生と再生、変容を経験するが、この誕生が完全な静寂を背景にしていることを考えると、これは、創世記に記されている最初の人類の誕生に近いような誕生とみなしたほうがいいかもしれない。

エリザベス・ホリス・ベリーは、「まぶしい光を反射する、生き物のように動く波の止む事なき動きと、繰り返しやわらげられる熱と風のイメージによって、ブロンテのイメジャリーは、読者に動きの中心にある神聖なバランスの取れた静かな一点を経験させる」と述べ、そこにミルトン的な天地創造の反映を見ている。(26)

この創世が、人類の祖であるアダムとイブの二人ではなく、アダムも動物たちもまだ誕生せずにイブだけが一人である状態として表れている点がユニークだ。対になって初めて得られる充足感と幸福を繰り返し描いた姉シャーロット・ブロンテと違って、アン・ブロンテは、一人であることの充実と、一人でも孤独ではないことを知っていたのである。

この一人の朝の静寂は、やがて、時刻が六時を回るにしたがって、馬を連れた馬丁たちや他の人々の出現によって破られる。

私は馬丁の次に起きてくるのは誰だろうともう一度振り返って見たが、そこにはまだ馬を連れた早起きの馬丁と、一人の紳士と、彼の前を小さな黒い点のように走る犬と、水浴用の水を運ぶために町から来た一台の荷馬車がいるだけだった。もう一、二分すれば、遠くにある移動更衣車が動き始めるだろう。それから、規則正しい習慣をもつ年配の紳士と、まじめなクエーカー教徒の婦人たちが、健康によい朝の散歩にやってくるだろう。（第二十四章）

語り手は、実際に見たもの——一人の紳士（実は恋人ウェストン）、彼の前を走る犬（アグネスのかつての愛犬）、水浴用の水を運ぶために町から来ている車——と同時に、これから見えるはずのもの——動き始める移動更衣車、散歩する老紳士やクエーカー教徒の婦人たち——について語る。ブリューゲルの絵を思わせるこの光景の中では、最も大切な人ウェストンでさえも点景となってしまう。神の視点ともいうべきものをヒロインは獲得するのである。

この光景についてアグネスが「太陽の光と海の反射が、そちらのほうを見ようとする私の目をくらませたので、一度ちらっとしか見えなかったのだ」と述べているのは、この光景が一回限りしか見ることのできない人生のヴィジョンであることを暗示している。ここには、時代は後になるが、ジョージ・エリオットの『ミドルマーチ』（一八七一—

七二）のクライマックスでドロシア・ブルックが見た朝のヴィジョンと共通するものがある。アグネスはここで自分と自分以外の人間との関係を確認するのである。

社交と自立

ところで、アン・ブロンテが実際に知っていた海辺は、彼女がガヴァネスとして仕えたロビンソン家の人々と訪れたスカーバラ海岸である。スカーバラは、十七世紀に鉱泉が見つかって以来、コンサートや舞踏会が開かれ、図書館や遊歩道がある社交場であった。[27] スカーバラはまた、アンが結核のため余命幾ばくもないと知った時に転地療養に出かけたいと強く望み、最終的に埋葬の地となった場所でもある。その転地療養の旅に同行することを姉の親友であるエレン・ナッシーに頼んだ最後の手紙（これもアンの名文の一つ）では、スカーバラは、五月になるとライラックやキングサリの花の咲き乱れる場所として思い出されている。

『アグネス・グレイ』で、A—の町という略号で表されるスカーバラは、「上流社会の人々の社交場である海水浴場」というだけで、彼らの社交は描写されていないし、咲き乱れる花にも言及されない。社交場の賑やかさや華やかさよりも、経済的にも精神的にも落ち着いた静かな生活のほうが強調されている。アグネスが再会したウェストンに、「私たちは、浮世離れした暮らしをしておりますから」と言っているように、上流の人々の社交はアグネスとは無縁なのだ。とはいえ、この「浮世離れした暮らし」の状態は、以前、ガヴァネスをしていた時に「老人からも若者からも軽蔑されたり踏みつけにされたりしながら」働いていた状態とはかなり違う。上流の人々との社交は、こちらからお断りなのである。

しかし、社交ということを上流の人々に限らなければ、ここではともに学校を経営する母との交流があるし、詳しくは述べられていないが、おそらくはガヴァネスであった時よりは対等に近い生徒との交流がある。この社交ということで何より重要なことは、この海辺の町が、アグネスへの求婚につながる、ウェストンとアグネスの母グレイ夫人の社交の場となっていることである。

ウェストンがグレイ夫人をたびたび訪問して、しかるべき時にその娘と結婚したい旨切り出したのは、当時の求婚のマナーにかなっており、求婚の前段階として必要な社交であった。ここでグレイ夫人が寡黙な娘と違って、弁舌さわやかな社交家であることも気にとめておかなければならない。早朝の砂浜の場面は、アグネスにとって、生徒との交流からも、社交的な母との関わりからも、恋人ウェストンへの思いからも解放された、あらゆる社交から切り離されて完全に一人になれる場所として必要だったのである。

つまり、アグネスがロザリーと違って「自分の存在を正当化するのにもはや男性を必要とせず、十分に自己実現」(28)した上でウェストンと結ばれるために、早朝の砂浜の場面は、まず必要であった。それから、また、父の早すぎる死という予期せぬ事態によって始まった母との協同関係を結局は解消して、もともと望んでいた一人立ちをするためにも、この場面は必要であったのである。

グレイ夫人は、アグネスにとって、自主独立の精神をもって難局に対処する、憧れの女性であった。同時に彼女は、彼女ほど精神的に強くはなかったグレイ氏の死を無意識に早めた女性でもあって、アグネスと母との間には隠された緊張関係がある。この二人の関係は、(1) 一人称の語りにおける殉教者／ヒロインであるアグネスですでに論じたように、通常のファミリー・ロマンスとは異なり、娘が父を愛し母を憎悪するということにはならないが、アグネスは、ウェストンとの結婚を選ぶことによって、母の快活さや多弁と決別し、母の家庭が内包していた危うさをより司祭一家らしい寡黙と感情の抑制によって補完した家庭を作ることになる。このような母に代表される心の躍動感を規制するということは、アグネスの語りの始めからすでに行われてきたが、語られている物語そのものの中では、この母の体現する価値観から、ウェストンの価値観への移行が早朝の砂浜の場面で完了するのである。重要なのは、アグネスが母ではなくウェストンを選択したということではなく、この選択が母からもウェストンからも離れたところで、神との関係を確認し、神の視点を獲得して、母をもウェストンをも客観的に見る目を獲得した上で行われたということである。

すでに述べたように、ウェストンの婚約までの手続きは、まことに当時のマナーにかなったことではあったが、そのような慣習にのっとった親から夫への花嫁の引き渡しがうわべではなされているように見えながら、実は、ウェストンと母の社交が始まる以前にアグネスは、自らの意志によって、母の価値観からウェストンの価値観への移行を無意識のうちに完了していたのである。アン・ブロンテの作品について現代の研究者たちが指摘してきた、うわべの常識性とは異なるラディカルな側面が、ここでもまた証明されている。

第二章　『ワイルドフェル・ホールの住人』（一八四八）

小説『ワイルドフェル・ホールの住人』のあらすじ

紳士農《ジェントルマン・ファーマー》ギルバート・マーカムはワイルドフェル・ホールに引っ越してきた謎の未亡人ヘレン・グレアムにひかれるようになり、大地主のフレデリック・ロレンスとヘレンの仲を疑って、ロレンスに大怪我を負わせてしまう。これを知ったヘレンは、日記をギルバートに渡して、ロレンスは兄であり、自分は過った結婚から幼い息子を連れて脱出したという過去を語る。まもなくヘレンの夫アーサーが病に伏し、ヘレンは妻としての義務感から看病に戻る。ヘレンから兄宛の手紙によって、この間の物語が語られる。アーサーは死ぬが、ヘレンは帰ってこない。ヘレンを訪ねに行ったギルバートはヘレンとの身分と富の差を思い知らされて身を引くことを決意するが、ヘレンの息子と伯母の支持を得てヘレンと結婚する。

（1）『ワイルドフェル・ホールの住人』の書くヒロインと読むヒーロー

『アグネス・グレイ』から引き継がれた主題

アン・ブロンテの『ワイルドフェル・ホールの住人』について論じる前に、この作品が長い間こうむってきた災難に触れないわけにはいかない。一つは、「万人救済説」という神学上の問題を扱っているために、この小説が宗教的な作品すなわち保守的な作品と誤解されてきたということ。(1) もう一つは、姉のシャーロット・ブロンテがこの作品を低く評価したことがその後の批評史に少なからぬ影響を与えたということである。(2)

この作品は著者の生前、初版後すぐに版を重ねたにもかかわらず、一八五〇年にシャーロットが序文を付けたスミス・エルダー社刊のエミリとアンの遺作集からはずされてしまった。その理由は、作者が自分に合わないテーマを無理をして扱ったからというシャーロットの独断に基づく。(3) 作品の受難はシャーロットの死後もさらに続いた。一八五四年のトマス・ホジソン社刊の廉価版には、冒頭のギルバートからハルフォードに宛てた手紙の部分が脱落している。これを踏襲した不完全な版がペンギン・ブックスも含めて、以後しばらくの間流布したのである。一九九二年のクラレンドン版によって、表記の問題などが解決されて、ようやく読者がこの作品にまともに向き合える体勢が整ったのは、なんと二十世紀も残り十年を切ったごく最近のことだということになる。(4)

シャーロットをはじめとする従来の批評家たちは、『ワイルドフェル・ホールの住人』は、兄ブランウェルの堕落を間近に見たことから生じた作品だとみなして、この作品を伝記的なコンテクストでのみ論じがちであった。伝記的事実は確かに無視できないが、アン・ブロンテを正当に評価するためには、作品を一度伝記から切り離して、彼女の独自の作品世界の中で論じてみることが必要だと思う。残した小説はわずか二作とはいえ、アンは、ただ一度傑作を書いたエミリ、同じ主題を繰り返したシャーロットとは異なり、姉妹の中では一番、小説家として多様な作品を書く可能性をもっていた。(5)病気の進行と死によって、「将来の計画」(6)を果たせずに二十九歳で死んだアンのためにも、作品の真価に迫れるような批評をしてみたいと思う。

＊

『ワイルドフェル・ホールの住人』は、当時の小説の一般的な形であった三巻本の体裁を取っている。短い第一作『アグネス・グレイ』（一八四七）では測りがたい、小説家としての力量を読者に問える大作である。第一作に比べて、複雑化した語りの手法や心理描写など技術的な進歩だけでなく、第一作で作家の興味の中心にありながら十分には展開できなかった主題を描こうという意欲が感じられる。

『アグネス・グレイ』は、表向きは主人公アグネスの成長と結婚というプロットを中心に置くが、実際のところ、作家の興味の中心は、富裕な階層の受けるまちがった教育とその結果にあった。このプロットで中心的な役割を果たしたのが、アグネスの生徒ロザリー・マリだが、彼女の惨めな結婚は、わずか一章を使って簡単に描かれたのみであった。この小説でこの主題を展開することは、富裕な階層の生活の傍観者であることを強いられる、ガヴァネスである語り手には荷が重すぎたのである。

そこで、第二作の中心プロットには、ヘレンという語り手が採用される。彼女も、夫に妻として扱われず、乱痴気騒ぎの傍観者という役割しかもたされないが、(7)広大な邸宅と山林を所有するジェントリーの妻であり、ガヴァネスと違って、召使いから貴族まで幅広い階級の人間と自由に会話をすることができる。この語り手と多様な人物との会話が、作品のパースペクティブを広げることになった。

とはいえ、アン・ブロンテが理想とする人間の精神状態は、どちらの作品でも、基本的には変わらない。それを最も顕著に示すのは、『アグネス・グレイ』のプロポーズの場面である。

私はあのすばらしい夏の夕べのことを忘れないだろう。私はあの険しい丘と崖っぷちのことを絶えず喜びとともに思い出すだろう。足下に絶えず波立つ海に映るすばらしい日の入りを見ながら、私たちは二人並んで立っていたのだった。神への感謝と幸福と愛で胸がいっぱいで、ほとんど口もきけずに。（第二十五章）

ちらちらと波立ち落ち着かない海。海に映る日没を切り岸から見下ろす二人。自制心をもった二人の人間が結ばれる静かなクライマックスである。揺れ動く波に対して、主人公の心は凪のような状態にある。

アン・ブロンテは姉や姉の友人の証言に基づいて、「おとなしいアン」と呼ばれることが多い。(8) しかし、彼女の特質を語るには、十八世紀的な意味での「理性的」という言葉のほうがふさわしいのではないだろうか。(9) アンは二人の姉に比べて、詩的表現において劣っていたわけではなく、彼女の作品では、ロマン派的な感情の暴走を抑え、感情を統御して穏やかな心境に至ることが成長なのだ。

『アグネス・グレイ』では、このように理性的なヒロインが理性的なヒーローと出会って幸福な結婚をする。これに対して、『ワイルドフェル・ホールの住人』では、理性的なヒロインが全く別のタイプの、自制心を欠いたヒーローに心をひかれたらどうなるか、凪の心をもったヒロインが、揺れ動く波の直中に突き落とされたらどうなるか、ということが描かれることになる。

『ワイルドフェル・ホールの住人』の構造　二人の語り手と会話の多用

『ワイルドフェル・ホールの住人』の語りの構造は、一番外側にギルバート・マーカムが妹ローズの夫ハルフォードに宛てた手紙があり、その中に、ヘレン・ハンティンドンがギルバートに読ませた日記と、ヘレンが兄フレデリック・ロレンスに宛てた手紙がある。ヘレンの日記の中には、友人ミリセントの手紙と、夫アーサー・ハンティンドンが友人ロウバラ卿について語る部分が、どちらも分量としては短いものの、含まれている。[10]

この作品は、エドワード・チタムらが指摘するように、『嵐が丘』のパロディーであるばかりでなく、ゴシック小説のパロディーでもある。それは、シャーロット・ブロンテのニュー・ゴシック[11]とは当然異なるし、また、ジェイン・オースティンの『ノーサンガー・アビー』（一八一八）の現実主義とも異なる。アン・ブロンテは、ヴィクトリア朝の人々が地上の天国として理想化した家庭で、自己中心的な男を相手に「家庭の天使」になろうとしたヘレンの見た、家庭というこの世の地獄を描き出しているのである。[12]

ゴシック小説は謎をめぐって求心的に物語が展開するのが常であり、『嵐が丘』でも、はじめにロックウッドが興味をもったキャサリンとヒースクリフの謎が語りの進行にしたがって解き明かされる。ところが、この作品では、はじめにミステリーの中心にあると思われたヘレンの素性とロレンスとの関係が、ヘレンの語りによって、実は兄妹であると説明される。そして、代わりにアーサーの行状と死がミステリーの中心に置き直される。つまり、ミステリーの中心がずらされているのである。

小説の題名と内実もずれている。荒々しい名前をもち、ゴシック風の建築物であるワイルドフェル・ホールはヘレンの避難所である。それに反して、ロマン派詩人ウィリアム・ワーズワースの住んだグラスミアを思わせる美しい名をもつグラスデイル・マナーこそアーサーが支配する最も恐ろしい場所なのである。

さらに、ゴシック小説の入れ子状の語りの形式では、一人称の視野の狭い語りが物語の求心性をいっそう強めるのが普通だが、この作品ではそのような語りの閉鎖性はあまり感じられない。それは、一つには、後で述べるように、語り手が学習する語り手であること、もう一つは、小説全体にわたって会話が多いことに関係がある。(13) いい耳をもっていたアン・ブロンテ(14)は、会話の生き生きとした記述によって、人物間の葛藤をみごとに浮かび上がらせている。それによって、アーサーたちの乱行の描写は言うまでもなく、ヘレンとアーサーの夫婦関係が鮮明に伝わってくる。二人の新婚の頃の描写を見てみよう。ヘレンの信心深さに不平をいうアーサーを、ヘレンがたしなめたあとの場面である。

この私の答えに、彼は笑っただけだった。そして、私を可愛い狂信者と呼んで、私の手にキスした。それから帽子を脱いでこう付け加えた。

「でも、見てごらん、ヘレン。こんな頭をした男に何ができるかい」

頭はどこも異常がないように見えたが、彼が私の手を取って頭のてっぺんに置くと、手は巻毛の海にびっくりするくらい深く沈んだ。特に真ん中はよく沈んだ。

(第二巻第四章)

この描写をP・J・M・スコットは、エロティックな動機付けがうまく書けていない例としてあげているが、(15) この会話は、この夫婦間の微妙な齟齬を如実に示すものとして読むべきである。アーサーは、ヘレンが自分のエロティックな魅力に反応することを狙って、自分の豊かな巻毛におおわれた頭をさわらせたのだが、ヘレンは、少なくとも意識の上では、彼のエロティックな魅力に全く反応していないのである。

このような夫婦間の齟齬は、アーサーの死の床にヘレンが駆けつけるところで圧巻となる。この二人の会話によって、アーサーの立場から照らし出された善人ヘレンの別の像が浮かび上がる。

「ああ、わかったぞ」と、彼は皮肉な笑いを浮かべて言った。「おまえが来たのは、キリスト教徒の慈善行為なんだな。それでおまえは天国でもっと高い椅子に座ろうとして、俺のためには地獄にもっと深い穴を掘ってくれるというわけか」

「いいえ、私はあなたの必要としている慰めと助けを差し出しに来たのです。そして、もし私があなたの身体だけでなく、あなたの魂のためになって、何らかの悔恨の情を呼び覚ますことができるなら、……」（第三巻第十章）

ヘレンの献身をアーサーは素直に受け取れず、自己中心的な動機をもつものとして揶揄する。別の場面で、アーサーはヘレンの動機を義務感に帰しているが、これはあながちまちがいではない。ヘレンは後に、夫が万一回復したら、形式的に妻としての義務を続けなければならないことを思って、苦しむのである。

その後、感謝の気持ちを多少は見せたあとで、アーサーは再び同じような中傷の言葉を妻に浴びせる。

「おまえは今俺のためなら何でもやれないことはないんだな？」

「ええ」と私は彼の言い方に少し驚いて言った。「あなたを楽にするためなら何だってするつもりです」

「そうとも、汚れなき天使殿、今ならな。でも、おまえが死後よい報いを受けて無事に天国にいると知った時には、その時は、地獄の劫火の中で苦しんでいる俺に、指一本でも差しのべてくれるか？　いや、おまえは満足そうな顔をして、俺の舌を冷やすために指先を水につけることだってしないだろう」

「もしそうだとしても、それは天国と地獄の間の淵があまりに深くて越えられないからですわ。そして、もし私が満足そうな顔をしていたら、それは、あなたが罪を浄められて、私の感じている天国の幸福を味わうのにふさわしくなるということを、確信しているからです」

（第三巻第十二章）

ヘレンの語りの中では、彼女は、自己中心的で信仰心のない夫の被害者であった。夫を改心できると思った自分の愚かさに対する反省はあっても、自分が夫を追い込んだ自覚は、ヘレンにはない。ところが、アーサーの非難の言葉によって、ヘレンは、彼にとっては癒しの天使であると同時に、復讐の悪魔であり[16]、善にとりつかれることは、悪にとりつかれることと同様に破壊的だ[17]という別の真実が明らかになる。

この最もよく書けている場面で、作者の中心思想である万人救済説が現れていることは、注目すべきであろう。ところで、前に述べたように、この作品の二人の語り手は学習する語り手である。ヘレンが結婚、出奔、帰宅という遍歴を、日記や手紙を書くという形で語りながら、人生について学ぶのに対して、ギルバートは、ヘレンの日記を読んで学習し、その学習過程を語る。

二人を比べた場合、ギルバートのほうが学習による成長がめざましい。次にあげるのは、日記を読んだ彼の感想である。

白状しなければならないが、僕は、彼女の夫が徐々に堕落して彼女に嫌われ、ついには彼女の愛情を完全に失ってしまうのを見て、自己中心的な満足感のようなものを感じていた。しかし、全部を読みおわった結果、僕の彼女に対する同情と、彼に対する怒りにもかかわらず、僕は耐え難い重荷から救われた喜びでいっぱいになった。まるで、友達に恐ろしい悪夢から起こしてもらったかのように。

（第三巻第八章）

また、ヘレンの苦難は、ギルバートには、恋敵の死を願う自分への審判のように思える。

かわいそうなヘレン！　なんて恐ろしい試練の数々だろう！　僕はその苦しみをちっとも減らしてあげられなかった。それどころか、僕の密かな欲望によって、僕自身が彼女にそんな苦しみを与えたみたいだ。彼女の夫の苦しみであれ、彼女の苦しみであれ、そんな願いを抱いたことに対して、僕に審判が下ったかのように思えた。

（第三巻第十二章）

どちらも、ギルバートが悪夢から学んでいることを示している。結末近くで、彼がフレデリック・ロレンスの結婚式に遭遇するのは、金銭ずくの結婚に妥協しなかったエスターに幸福な結末を与えるというプロット上の必要からだけではない。ギルバートがサミュエル・テイラー・コールリッジの物語詩「老水夫行」（一七九八）の結婚式の客のように、予期せぬ物語を聞かされて、「以前よりも悲しみを知り賢くなって」、ヘレンにふさわしい配偶者になることを意味しているのである。

ギルバートの語りが事件から二十年を経た回想であるのに対して、ヘレンの日記は出来事のほぼ直後に書かれた迫力がある。(18) 伯母の反対を押し切ってアーサーと婚約した後の不安。愛人とまちがえて夫に抱かれたことを知らずに、「まだ私に飽きたわけではないのだ」と喜ぶ場面。次に何が起こるか知らないヒロインの、その場限りの喜びや悲しみが生き生きと描き出されている。

また、自分の心が悪に対して麻痺していく自覚や、自分の堕落を妻のせいにする夫に対して「違う」と言い続ける場面も、ヘレンの心の葛藤を活写している。

しかし、ここには、ジェイン・エアやルーシー・スノー、あるいはキャサリンやヒースクリフのように、荒れ狂う語り、ロマン派的な爆発や絶叫は見られない。ヘレンのギルバートに対する気持ちは日記の中では明らかにされていない。ロレンスへの手紙の中で、「もし夫が回復したら、私はどうするのでしょう？ もちろん妻としての義務はありますが、……いったいどうやってそんなことが？」という問いかけは、ギルバートを愛する心の葛藤を暗示するが、ヘレンのそうした感情は、もっぱらギルバートの語りの中で、彼の目を通してしか表現されないのである。

こうしてみると、ヘレンは、乱れないヒロイン、逆境の中でかろうじて理性を保つ人物であるということができる。アン・ブロンテが第二版への序文で述べた「有益な真実」を語るには、このような冷静な語り手が必要であった。この冷静なヘレンに代わって物語に起伏を与えるために、彼女より経験の少ない、血気盛んな紳士農《ジェントルマン・ファーマー》ギルバートが、もう一人の語り手として配されるのである。

書くヒロインとしてのヘレン

ヘレンが画家として生計をたてるという設定の新しさについては、多くの批評家が指摘している。ワイルドフェル・ホールの一部屋を仕事場らしく設えたことや、ギルバートとローズを仕事場に招き入れて誇らしげにする場面、他の女性が怖がって近寄らない崖に画架を構えて悠然と絵を描く場面など、描くヒロインをよりリアルに描き出す工夫が伺われる。

しかしながら、絵は生計の手段ということには、説得力が今ひとつ感じられない。絵は、兄ロレンスの手でどこかに運ばれて売られていることになっているが、その経路は明らかではない。ヘレンが優美な女性として造形されているせいか、彼女の絵がお嬢さん芸としての枠をどこまで出ているか疑問が残る。ギルバートとグーバーは、女性にとっての芸術という点で、画家と小説家を同一視しているが(19)、良家の女性のたしなみとしての絵画ということを考えると、画家であるヒロインを描くことは、作家であるヒロインを描く以上に難しいのである。

こうしてみると、ヘレンは描くヒロインというよりは、書くヒロインであると見たほうがよさそうである。次の場面は、夫の不倫を知ったヘレンに対して、夫が開き直ったあとの場面である。

私は手文庫を取り出して、部屋着のままですわって、その晩に起こったことを順を追って書いた。ベッドに横になってずっと前のことを思い出したり、恐ろしい将来のことを思ったりして頭を痛めるよりも、そのように忙しくしているほうがましだった。私の心の平安をうち砕いた、まさにそのことを、その発見に付随する細々したことと一緒に描写することに、慰めがあることを私は知った。

（第二巻第十四章）

「私の心の平安をうち砕いた、まさにそのことを描写することに、慰めがあることを私は知った」という記述は、書くヒロインのものであり、イギリス小説のヒロインの先祖パミラの反映が認められる。

その後、瀕死の夫に「片時もそばを離れないでくれ」と懇願され、左腕をつかまれながら、右手で手紙を書くところにも、ヘレンの書くことへの執着が伺われる。ここでは、書くことは、彼女を地獄への道連れにしかねない夫を振りきって生きることを意味し、愛するギルバートと手紙を通じてつながりを持ち続けることを意味する。

書くヒロインをもつこの小説では、サミュエル・リチャードソンの『パミラ』と同様に、書かれたものによせる信頼の程度によって、人物が試され、評価される。ヘレンの場合、書かれたものに対する信頼は、万人救済説に表れている。彼女が万人救済説を信じるようになったのは、司祭や神学者の話を聞いたからではなく、聖書に書かれた言葉を自分なりに読んでたどりついた結論である。

さらに、書かれたものに対して、世間話や噂、ゴシップといったものが、それを信じる人物の品性を疑わせるものとして提示される。(20) 世間話や噂は、アンが『アグネス・グレイ』ではウェストンの発言の中で、『ワイルドフェル・ホールの住人』では自ら序文で、否定的価値をもつものとして退けた「口当たりのいい、たわごと」なのだ。

ヘレンの最初の夫アーサーは本嫌いで、新聞や狩猟雑誌といった軽い読み物しか読まず、彼女の読書を邪魔する。書くほうはと言えば、ロンドン滞在中にろくに手紙もよこさない。彼のほうは妻の手紙を要求するが、それは自分に妻の関心を引きつけておきたいからであり、読んでいるかどうかもさだかではない。

彼が妻を煙たく思うようになるのは、妻の善良さと信仰心に恐れをなしただけでなく、彼女を雌虎だの天使だのと呼ぶ友人たちの悪口の影響が大きい。また、彼は世間体をたびたび気にしている。彼は書かれたものよりも、噂や世間話に動かされる人物なのである。アーサーの読解力の限界を示す例として、婚約前に彼がヘレンの絵の裏に自分の顔のデッサンを見つける場面をあげることができる。彼は、女性の絵の下には、手紙の追伸のようなものが隠されているらしいと言って、ヘレンの恋心を知って喜ぶのだが、彼女がこの絵を隠そうとした動機は、実は二つあった。一つは、アーサーへの恋心を隠したい気持ちであり、もう一つは、伯母の忠告と自分の恋との間の迷いである。アーサーは前者には気づくが、後者には気づかない。ここに、彼の、書かれたものを解釈する力不足が露呈している。

アーサーは、妻が結婚前から日記をつけていることに気づいている様子はない。第三巻第三章になってようやく、夕方、客間で日記をつけている彼女に気づいて、のぞき見し、取り上げるという、『パミラ』のB氏を思わせるような出来事が起こる。しかし、B氏ならぬアーサーは、妻の逃亡計画という当面必要な情報だけ得ると、日記には関心を示さない。ここに至って、彼はヘレンに釣り合う配偶者ではないことが決定的になる。

一方、書かれたものに関心をもち、それを信用するものには改悛の機会が与えられている。それを示すのは、アーサーの悪友ハタズリーの挿話である。二児の父となった彼は、乱痴気騒ぎから身を引こうと思うとヘレンに告げ、彼女から妻ミリセントの手紙を見せられて、おとなしい妻の苦悩を知り、改心する。この場面は、残念ながらあまりよく書けてはいない。手紙を見る前にすでにハタズリーは、十分に更生に向かうきざしを見せていたのに、ヘレンをわざわざ関与させて、「あの人のおかげだよ」と彼に感謝させるのは、いささか嫌みが感じられる。妻の書いた手紙なら本人の許可がなくても夫に見せてもいいという論理も、現代人には説得力に欠ける。ともあれ、このような強引な作りになっているのは、書かれたものによせる信頼の重要性を強調したいがためなのである。

ヘレンの二番目の夫となるギルバートとヘレンの交流は、本の貸し借りから始まる。彼は村人のゴシップを信じたために、ヘレンの兄のロレンスを殺しそうになるという過ちを犯すが、反省する。日記を読んですべてを知ったあと、交際を禁じられた彼はロレンス宛の手紙によって、彼女の様子を知る。さらに、ヘレンが妻としての義務感から夫の看病に戻ったあとも、ロレンスへの手紙だけが二人の交流の経路となる。ここでは、ロレンスに手紙を読んでもらうのではなく、彼に頼んで手紙を見せてもらい、直接手紙を読む点が重要である。

僕はそれらの貴重な手紙を自分の目でむさぼるように読んで、中味が頭にしみこむまで放さなかった。そして、帰宅すると、そのうち最も重要な文句を、その日の目立った出来事として、自分の日記の中に書き込んだ。

（第三巻第十二章）

直接自分の目で記憶した情報は、抽出されて、ただちに別のテクストに寸分違わず置き換えられる。ここでは、テクストの増殖作用が差異を産まないのである。

「この字は彼女の手が書いたもの、この言葉は彼女が心に抱いたもの、彼女のくちびるが語ったことではありませんか」というギルバートの言葉も、フェティシズムというより、テクストは書き手そのものだという信念の反映として読むことができる。テクストは、書き手の意図をゆがみなく反映したものであり、読み手はそれを正確に読み解くことが要求されるのである。

それでは、この作品の中では、二次テクストは常に一次テクストと同じなのかといえば、必ずしもそうではない。万人救済説の根拠としての、聖書の英訳の際の誤訳の可能性（ギリシア語で単に長い時間を示すにすぎない単語を「永遠」と誤訳したとする）は、テクスト間の差異を示す例である。(21) しかしながら、アン・ブロンテとヘレンの聖書解釈は、「永遠」の劫罰を、罪が浄化されるまでの罰というふうに、現在手元にあるテクストを、元のあるべきテクストに戻そうという、差異をなくす方向に働くのであり、テクストの増殖作用に伴う差異は回収される。

ヘレンの息子のアーサーについても、書かれたものとの関係が指摘できる。プロポーズの前に、ヘレンが息子を部屋から出す口実に、「最近買った本」を使ったのは、彼女の息子が書かれたものへの信頼を学んでいることを示して、彼女の教育の成功を暗示している。さらに、結婚までにヘレンとギルバートは、たくさんの手紙を交わしたことになっていることも重要である。それらの手紙はテクストには示されないが、その存在に言及することで、この二人の、書かれたものに対する同程度の信頼を強調している。ハルフォード宛の手紙も、ギルバートは記憶だけに頼らず、日記に依拠していると述べている。こうして書かれたものへの信頼の大切さを学び、書き手の意図を読み取る力を養ったギルバートは、幸福を手に入れることになる。

この小説のプロポーズの場面も、以上の文脈で読むことができる。ヘレンは、雪をかぶったクリスマス・ローズの花をギルバートに手渡すが、彼ははじめその意味がわからない。ヘレンはいらだち、花を窓の外に捨てるが、ギルバートが花を拾いあげると、もう一度解釈のチャンスがヒントとともに与えられる。

「私があなたにさしあげた花は、私の心の象徴です」と彼女は言った。「あなたはそれを捨てて、私をここにひとりぼっちで置いていくおつもりですか」

「それでは、もし私がお願いすれば、お手をも与えてくださるのですか」

「私はもう十分に申し上げたでしょう?」

（第三巻第十六章）

雪の中で霜に耐えたクリスマス・ローズは、苦難を耐え忍んできたヘレンの心の象徴であるばかりでなく、手紙を通じて、苦しみを分かち合ってきたギルバートとヘレンの愛の象徴でもある。花は「書かれたもの」ではないが、ヘレンからギルバートへのメッセージであり、よき読み手となる学習を積んできたギルバートが解読すべき最後の試練である。この試練を経たギルバートは、中世の騎士のごとく、貴婦人ヘレンを得ることになる。

（2）『ワイルドフェル・ホールの住人』における
セクシュアリティと結婚制度

ウォルター・ハーグレイヴの役割

『ワイルドフェル・ホールの住人』の中心プロットは、主人公ヘレンが、夫アーサーの堕落から幼い息子を守るために、自己を律して行動を起こし、最終的に新しい幸せをつかんだ物語である。このように規定した時に、次の二点が問題になる。一つは、このプロットの中でギルバートの果たす役割は何かということ。もう一つは、しつこいほど繰り返し出てくるウォルター・ハーグレイヴの役割は何かということである。

ギルバートは、ヘレンの感化によって矯正することが不可能なアーサーに対して、矯正可能である。つまり、簡単に言って、彼は、アーサーよりも道徳的に優れたヒーローである。道徳的に優れたヒーローが道徳的に優れたヒロインと結婚するというような道徳的な読みをこの作品にあてはめるのは、無理なことではない。前節では著者自身、ヘレンは日記を書くことによって成長し、その日記を読むことによってギルバートもヘレンにふさわしく成長するという論を展開した。しかしながら、この小説におけるギルバートの重要性を疑問視する批評家は少なくない。ギルバートの語りとヘレンの語りの構造についての研究は、フェミニズムの立場からもそうでない立場からも盛んになっているが、ギルバートという人物の評価はさほど上がっていない。[22] ギルバートにはヘレンはもったいないと断言する批評家もいるほどである。[23] ギルバートが道徳的に優れたヒーローとして説得力ある描き方をされていなければ、道徳的な読み方をした場合、この作品には欠陥があるということになってしまう。

ギルバートには、道徳的に優れたヒーローという役割とは別の役割があるのではないか。そして、それは、この作品が提示する大きな問題と関わるものではないかという方向で、考えを進めてみたい。

しかし、その前に、もう一つの問題であるウォルター・ハーグレイヴについて見ておきたい。彼は、夫に無視されているヘレンに恋を仕掛け、ついには駆け落ちしようと誘惑する人物である。道徳的なプロットにおいては、彼は、誘惑に屈しないヒロインの高い道徳性を強調していると言えるが、果たしてそれだけだろうか。ヘレンがハーグレイヴを拒否するのは、道徳的な理由、すなわち、二人の関係が姦通であることと、ハーグレイヴが見かけほど道徳的に優れた人物ではないということ、それだけだろうか。

ハーグレイヴは、マーガレット・スミスが指摘するように、サミュエル・リチャードソンの『クラリッサ』（一七四七―四八）のラブレスを思わせる魅力ある悪人としてよく書けている。(24) 彼と同名のハーグレイヴという人物が同じくリチャードソンの『サー・チャールズ・グランディソン』（一七五三―五四）の悪役であることは、この示唆の重要性を裏付けている。ハーグレイヴの役割を考えるために、まずはじめに、全編中最も迫力のあるヘレンとハーグレイヴのチェスの場面から見てみよう。

闘いは熱を帯びた。長いゲームとなり、私は多少彼を困らせたが、彼の腕前のほうが上だった。

「ずいぶん熱が入っているねえ」部屋に入ってきて、しばらく私たちのゲームを見ていたハタズリーが言った。「ハンティンドン夫人、すべてを賭けてるみたいに手が震えてますね。それに比べてウォルターの野郎は勝ちを確信してるみたいに落ち着いてるな。奥さんの心臓の血を絞り取るみたいに冷酷だし。僕だったら彼女を負かしはしないぜ。勝ったら憎まれそうだからな。おっと、勝つ気だな。彼女の目を見ろよ」

「ちょっと黙って下さる?」と私は言った。私は窮地に追い込まれていたので、彼のおしゃべりにいらいらした。あと数手で敵の罠に完全にはまるところだった。

「チェック」と彼は叫んだ。私は必死で逃げる手を捜していた。「メ、イ、ト!」彼は静かに、だが明らかに嬉しそうに言った。その最後の運命の一言を、私の落胆をより深く味わうためにわざとゆっくり言ったのだ。私は負けたことで愚かしいまでに狼狽していた。ハタズリーは笑っていた。ミリセントは私が取り乱しているのを見て困っていた。ハーグレイヴは、テーブルに置いた私の手の上に、自分の手を置いて、しっかりと、しかし優しく手を握りながら、つぶやいた。「勝ったぞ、勝った」そして歓喜が情熱と優しさの表情と入り混じった顔で、しかし、それ以上に、相手を侮辱する表情で私の顔を見つめた。

「いいえ、勝ってませんよ、ハーグレイヴさん」と私はすばやく手を引っ込めて叫んだ。

「負けを認めないんですか」彼はほほえみながらチェスのボードを指差した。

「いいえ」私は自分の行いがどんなに奇妙に見えるに違いないかと自分に言い聞かせながら答えた。「あなたが私に勝ったのはチェスのゲームでだけですよ」

「それなら、もう一勝負やりますか」

「いいえ」

「私のほうが強いと認めるんですね?」

「ええ、チェスのプレーヤーとしてはね」

(第二巻第十四章)

この闘いは、明らかに、男と女の性の闘いの隠喩となっている。ハーグレイヴは、チェスの勝利の余勢をかって、性の闘いでも勝利を収める自信を持っているが、ヘレンは性の闘いの隠喩としてのゲームの敗北に動転しながらも、性の闘いにおいてハーグレイヴに屈服するつもりはないことを宣言している。[25] 二人の駆け引きはここで終わらず、この直後にハーブグレイヴは、アナベラもアーサーも部屋の中にいないことに皆の注意を引き、さらに、意味ありげな言葉を漏らして、アナベラとアーサーの秘密の関係についてヘレンの不安をそそる。これは、彼一流の、性の闘いの勝利に向けた強力な一手である。

ハーグレイヴは、本を読まないアーサーに比べて、教養もあり、洗練された趣味の持ち主として設定されている。ハーグレイヴの妹であるミリセントに、ヘレンがアーサーより先に兄に会っていたら、兄と結婚していたはずだと言わせているところも、興味深い。それでは、ヘレンはなぜ、最初の結婚の際に、ハーグレイヴではなく、アーサーを選んだのか。そして、次にアーサーに代わる伴侶として、ハーグレイヴではなくギルバートを選んだのか。それは、率直に言えば、ヘレンがハーグレイヴよりもアーサーに性的な魅力を感じていたし、アーサーに幻滅したあと、ギルバートに性的な魅力を感じたからである。

こう書いてしまうと、単純な話のように聞こえるかもしれないが、そうではない。周知のように、二十世紀になるまで、イギリス小説のヒロインがヒーローに性的な魅力を感じたというように書くことは、許されてはいなかった。当時は、「ヘレンはアーサーを愛していた」というのが精一杯だったのである。「愛」という言葉で曖昧になっていたことを、「性」という言葉を使うことによってはっきりさせようというのが本論の目論見である。『ワイルドフェル・ホールの住人』には「性」という言葉はもちろん、直接的に性行為を描写した場面などないが、性の問題というものがこの作品の道徳的なテーマの陰に存在するもう一つの重要なテーマであることを以下に論証していきたい。

女性の性の目覚めと結婚制度

この作品において、性がどのように認識されているのか、まず、社交界にデビューしたばかりのヘレンにアーサーが愛をささやく場面を分析してみよう。

「かわいい天使、僕は君が大好きだよ」

「ヘレン、ちょっといらっしゃい」私たちのすぐ後ろで、はっきり伯母さまとわかる低い声が聞こえた。

……（中略）……

「お仲間に入ってもらいたいのよ。ご紹介するのにふさわしい時だから」彼女はふり向いて、きびしい目つきで私を見た。「でも、しばらくここにいたほうがいいわ。そのひどい顔色が少しおさまって、あなたの目がふだんの表情を取り戻すまで。こんな状態のあなたを誰かに見られたら、恥ずかしいわ」

（第一巻第十七章）

これは、作品世界における性についての基本的な了解事項を知る上で、重要な場面になっている。ここで、ヘレンの伯母が非難しているのは、アーサーの愛の告白にヘレンが反応して顔を赤らめたことであるが、それは明らかに、人前では隠しておくべき性的な感情をヘレンが表に出してしまったことである。この社会では、性的な感情は隠しておくべきものであり、そのような感情を持ち始めた若い娘が勝手に走り出す前に、伯母をはじめとする分別ある大人たちは、娘を穏当な年長の相手と結婚させようとするのである。この場面は、ヘレンの性の目覚めが描かれているとも言えるが、女性の性の目覚めはただちに結婚制度の中に回収しなければならないというのが、この社会の規範なのだ。

性の目覚めと言えば、まさにそれをテーマにした絵をヘレン自身が描いている。この時代、女性が描く絵は写生が望ましいとされていたが、[26]画家として自活することになるヘレンの絵もほとんどが写生である。その中で、以下にあげる象徴画は、ヘレンの心の奥をのぞく格好の分析対象となっている。

その絵はずいぶん苦心したもので、構想は少しばかり大胆だったが、傑作にするつもりでいた。真っ青な空、まぶしい陽光、長い影によって、私は夏の朝の感じを伝えようとした。私は草や葉に、ふつう絵の中で使う色よりももっと明るい初夏の緑色を用いた。場面は森の中の空き地。絵の中央の奥に、欧州赤松の暗い林を置いて、残りの画面のみずみずしさが際立つようにしたが、前景には大きな森の木のごつごつした幹と、長く伸びた枝の一部を描いた。その葉は光り輝く緑色をしていたが、その輝きは、秋の落ちついた金色ではなくて、日に輝いている金色で、まだ伸びきらない若葉の持つ色である。薄暗い欧州赤松を背にくっきりと浮かび上がっているこの枝に、キジバトのつがいが止まり、そのくすんだ羽の色がまぶしい周囲と対照をなしていた。その下のヒナギクをちりばめた芝生には、一人の少女がひざまずいて、首をそらして豊かな金髪を肩まで垂らし、手を握りしめ、口を開けて、この鳥の恋人たちを、嬉しそうに、しかし真剣に見つめていた。キジバトたちはお互いに夢中で少女には気づいていなかった。

（第一巻第十八章）（傍線部は著者による）

この絵について、作品中でアーサーは、「若いご婦人にぴったりのスケッチだ。春は今まさに夏に向かい、朝は昼に近づき、少女は大人になり、希望は実りの時を迎えようとしている」と言う。ジェイン・セラーズも、十九世紀の英国絵画には大人になりかけた少女が多く描かれ、しばしば春の背景の中で象徴的な意味付けをして描かれたと述べ

て、この絵は当時の一般的な絵画の枠組の中に納まるものとみなして、アーサーの解釈を支持している。(27)

しかし、そのようなありきたりの象徴画に対して、ヘレンが「構想は少しばかり大胆」「ふつう絵の中で使う色よりももっと明るい初夏の緑色」と言っているのは、なぜだろうか。この絵は確かに「ヘレンの置かれた状況の絵画的なメタファー」(28)なのだが、アーサーの解釈もセラーズの解釈も、メタファーの深い部分には届いていないように思われる。

キジバトが夫婦愛の象徴であることは有名だが、ここでのキジバトはやさしい夫婦愛よりも、まわりが見えなくなるほど激しい愛の歓びに浸っている点が強調されている。少女もキジバトも愛(性)の歓びの前で恍惚としているのである。同じような主題を扱った他の絵よりも明るい色を使ったのは、愛(性)の歓びを強調するためであり、フロイトを持ち出すまでもなく、背景の暗い森は性の暗い危険な側面を表している。この絵には、結婚制度をはみ出しかねない激しい性の歓びと、それへの憧れが隠されているのである。

性の表現にきびしい時代に、大人になりかけた少女の絵を描くことが許されたのは、少女が大人になるということが、結婚して妻となり母となることを意味している場合に限られたということを、セラーズの美術史を踏まえた解釈に付け加えて、強調しておかなければならない。ヘレンの絵はそのような通常の枠組を用いながら、実はそこから逸脱しているのである。

ところで、アン・ブロンテについて、P・J・M・スコットは本書の第二章第一節で引用したようにエロティックな描写が苦手だと評しているが、(29)そうでもない。たとえば、ヘレンが庭にアーサーを見つけて、彼がアナベラを待っているとも知らずに抱きつく場面は、正式に結婚している夫婦であればこそこのような描写が許されるのであろうが、風邪を引きそうなほど薄いイブニングドレスをまとって庭に出て行き、うしろから夫を抱きすくめるヒロインは十分に大胆であり、エロティックである。「あの林の中で私が死ぬのをごらんになる?」とヘレンが夫にささやくせりふも、死すなわち性的恍惚というように読むことができる。

この小説では、寝室内での夫婦のやりとりはもちろん描かれないが、アナベラがヘレンに「あなた、アーサーにベッドで小言を言ったのね」とあてこすりをいう場面があったり、アナベラとロウバラ卿の泊まっている寝室の物音がヘレンに聞こえるという場面があったりする。このことは、この小説が、十九世紀のイギリス小説では、トマス・ハーディの『日陰者ジュード』(一八九五)まで入ることのできなかった夫婦の寝室のすぐそばにまで迫っていることを示している。

この小説には、ヘレンの二度の結婚以外にもさまざまな結婚が描かれるが、それだけでなく、鮎澤乗光やA・J・ドルワリーが指摘するように、小説内で示される年号と、現実のイギリスにおける離婚と親権をめぐる裁判や法律改正の年号には、偶然とは思われない一致が見られる。(30) こうしてみると、このテクストは、離婚、親権、女性の財産権の問題を含む結婚制度に深い関心を寄せているということがわかる(この問題については本書の第三章で詳しく論じることにする)。このことを、これまで見てきた性の問題とからめて言えば、この小説においては、性の問題と結婚制度とどのように折り合いをつけていくのかということが隠れたテーマになっていると言える。

最初の引用で見たように、結婚制度は、そもそも若者の性のもつ危険な力を社会が封じ込めようとするものなのだが、ヘレンの場合のように、性的な衝動から結婚することも可能ではある。ギルバートのフレデリック・ロレンス殴打事件に見られるように、性の力は暴力性をもつこともあるし、また、キジバトの絵に表れているように明暗二つの側面をもつものでもあるが、それでは、結婚の際に性の問題をどう考えるべきか。ヘレン自身がエスターの結婚問題について「ロマンティック」という言葉を使って語っている第三巻第四章の一場面を見てみよう。

ここは、ヘレンとミリセントが自分たちより年下のエスターの結婚問題について話し合っている場面で、ヘレンは、エスターは結婚について申し分ないほどロマンティックな考えを持っているから安心していいと言う。ヘレンは、ロマンティックな考えを、金銭にとらわれない考えと同一視しているが、面白いことに、母親に金目当ての結婚を押しつけられたミリセントも、自分はロマンティックな考えを持って結婚したと言う。ミリセントが「真実」の対義語として「ロマンティック」という言葉を使っているのに対して、ヘレンは、世間がロマンティックだといって非難するものは、ふつう思われていることよりもずっと真実に近いことが多いと考えていて、二人の間には認識の違いがあるが、二人ともロマンティックな考えを持って結婚したという共通点がある。このロマンティックな考えというのは、実のところ何なのか。道徳的なプロットで読めば、自分が家庭の天使になって夫の性格を改良するという非現実的な希望ということになるだろう。それに対して、これまでの性と結婚というプロットで読めば、ロマンティックな考えを持つというのは、相手に性的な魅力を感じたということになる。世間は、性という「真実」に対して目をおおっているが、これこそ大問題だというのがヘレンの指摘なのだ。

ヘレンは実際にエスターに結婚を決める際の心構えを説いてもいる。

愛のない結婚をしてはいけないと言っても、愛だけで結婚しなさいと言っているわけではないのよ。愛の他にも考えなければいけないことがたくさんあるの。

（第三巻第四章）

このヘレンの助言が、どの時代にもあてはまるありふれた助言のように見えるのは、性ということを直接口に出すことがこの時代のテクストではできないからである。引用部分で、性は「愛」という言葉で置き換えられているが、性と愛は全く同じことではないから、このような置き換えをしても、表現しきれない部分は残る。ヘレンもテクストも性という大問題に気づいているのに、それを口にできないもどかしさは解決されないままである。アン・ブロンテのあと、ジョージ・エリオットの『フロス河の水車場』（一八六〇）でも、マギー・タリヴァーが従姉妹の婚約者に対して抱いた感情が、エレン・ショウォルターが指摘しているように、性という言葉が使えないゆえに不明瞭に描かれている。(31) この問題の解決は、トマス・ハーディ、D・H・ロレンスまで待たなければならない。（第三章の年表参照）

性と結婚制度ということでは、結婚制度の外側に存在する性的な結びつきの可能性について問題にしないわけにはいかない。アン・ブロンテは、このような可能性をはじめから否定すべきものとして断罪するというような単純な立場をとってはいない。まず、アーサーとアナベラの関係について、アナベラに「命よりも大切なものを捨てることはできない」と言わせて、二人の関係が単なる火遊びではないという描き方をしている。さらに、アナベラに、自分と恋愛中はアーサーの酒の飲み過ぎがおさまったとまで言わせて、姦通の確信犯である女性の言い分もきちんと書いていることは、アン・ブロンテという作家の資質を考える上で興味深いことである。

ところで、ヘレンは、ハーグレイヴに言い寄られるまでは、夫とアナベラの姦通をきっぱりと批判できる立場にいたが、ハーグレイヴに言い寄られるようになってから、彼女自身も、結婚制度の外側に存在する性的な結びつきの可能性という問題について、傍観者ではいられなくなる。ハーグレイヴとの関係は、実際にはシロであっても世間はクロと見るような関係であり、ヘレン自身、最初の段階ですでに、夫に対して秘密をもってしまったことをうしろめたく思い、「夫のは非行だけれども、私のは違う」というような言い訳を自分に対して行っている。さらに、ハーグレイヴの言い寄りを利用して、夫に配偶者に背かれるつらさを味わわせたいという悪魔的な思いつきにとらわれるに至っては、姦通の一歩手前まで来ている。

ギルバートとヘレンの関係にしても、そのはじまりにおいて、ギルバートはヘレンを未亡人と思いこんでいるが、ヘレンは、自分は夫のある身であり、ギルバートに対する思いは姦通であるという自覚がはじめからある。自覚はあるがギルバートにひかれる気持ちは抑えられない。はじめヘレンはギルバートに対して超然とした態度をとっているが、それに対してテクストは、ナンシー・J・ピーターソンが指摘するように、ギルバートからヘレンにウォルター・スコットの物語詩『マーミオン』（一八〇八）を贈らせることによって、ヒーローが最初の恋人を捨て、ヒロインが偽装するという『マーミオン』と『ワイルドフェル・ホールの住人』の関連性を読者に疑わせて、ヘレンが未亡人ではない可能性、すなわち二人の関係に姦通の可能性があることを暗示している。[32] ヘレンの過去への疑惑が高まったところで、ヘレンがギルバートに日記を渡し、それを彼が読んだ後会う場面では、ヘレンが品位を保ちながらも情熱と理性の間で葛藤するありさまが描かれている。

女性の性的成長を語るための仕掛け

情熱と理性の葛藤ということは、シャーロット・ブロンテの作品の場合にもよく言われることだが、シャーロットが抑圧や隠蔽という手段を使ってそれを屈折した形で描き出すのに対して、アンの場合ユニークなのは、ヒロインは情熱を上手に抑えているのに対して、テクストはこうした問題に真正面から真剣に取り組んでいることである。

神と世間が守るべきものとする結婚の外側にある男女の関係のさまざまなあり方を、この作品では、三つの関係を使って提示している。すなわち、アーサーとアナベラの関係、ヘレンとハーグレイヴの関係、ヘレンとギルバートの関係。そして、配偶者に背かれるという同じ立場にいるロウバラ卿とヘレンの共感関係も入れれば、四つとも言える。これらの関係を、ゴシップ好きな世間は、すべて一律に姦通と呼びかねないが、この作品は、それらを単純に同一視せず、それぞれが実際のところどんな関係なのか、結婚の外側に性的な結びつきを生じてしまう性とはいったい何なのかという問いかけをしようとしている。つまり、この小説について主人公ヘレンに絞って言えば、彼女がアーサーと出会って結婚し、最後にギルバートと再婚するまでの過程は、一人の女性が自分を性的な主体として認識していく過程とみなすことができる。しかしながら、これまでに述べたように、ヴィクトリア朝という時代の制約は、のちにD・H・ロレンスが『虹』（一九一五）や『恋する女たち』（一九一六）で行ったように、女性の性的な成長をあからさまに描くことを許さなかった。そこで、このテクストは、ヘレンの性的な成長の物語の上に、ギルバートの性を含む道徳的な成長の物語をかぶせるという形をとることになったのである。

その二重構造のしくみは、以下のようなものである。まず、ヘレンについては、彼女がアーサーの性的な魅力にひかれて結婚したということは、アーサーを自堕落な生活から救ってあげたいという当時の女性に認められた正当な言い訳によって巧みに隠しておき、(33) アーサーをアナベラに奪われた怒りと嫉妬の発現は、神に祈って表向きの平静さを取り戻すヘレンに代わって、アナベラをアーサーに奪われたロウバラ卿に代行させる。さらに、ギルバートへのひそかな恋を告白しているはずの日記の部分はギルバートに渡さず、テクストにも示さない。このように、ヘレンを品位ある貴婦人に保っておくことは、息子を連れて夫のもとから逃げ出すという、当時の法律や慣習から逸脱した彼女の行動を、読者に支持させるためにも、必要なことであった。それに対して、ギルバートのヘレンに対する熱情は、彼が男性であるゆえに、ヘレンのそれよりは率直に描くことができる。彼がフレデリック・ロレンスをヘレンの恋人と誤解して嫉妬のあまり暴力をふるう場面は、しばしば、ギルバートの思慮の浅さを示すものと受け取られがちだが、この事件によって、彼が恋仇を殺しかねないほど情熱的な恋人であることが示され、ギルバート自身、性的なエネルギーのもつ危険性を学ぶことになる。さらに、ヘレンと別れてから再会まで、ギルバートは、エリザベス・シニョロッティが指摘するように、待たされ、笑いものにされ、やきもきするという従来の恋する女性の立場に置かれて、試練の時を過ごす。(34) 彼はまた、実質的な婚姻関係が破綻していても離婚や別居を認めない当時の結婚制度に対して疑問を持って、「あの男はもうあなたの夫ではありません」とヘレンに言うまでになると同時に、恋仇のアーサーの死を願う自分を発見して、人間をつき動かす性の力のもつエゴイズムにも気づいて、人間的に大きく成長するのである。

道徳や秩序に対するアン・ブロンテの距離感

性の問題と結婚制度の問題に対するアンの態度を見てみると、世間の認める道徳や秩序に対するアンの独特な距離の取り方が明らかになる。それは、一言で言えば、世間一般の道徳や秩序に対して敬意を払うけれども、そこからはみ出るものにも存在価値を認めるというようなものである。(35) アナベラにしても、ハーグレイヴにしても、後日談では、道徳的に断罪されているが、それは、これまでの小説のコンベンションである、悪人の末路を示すという書き方を踏襲していると見るべきであって、それ以前の具体的な描写を読むと、悪人という一面的な描き方はしていない。特に、ハーグレイヴの場合、彼は実は自分勝手で吝嗇な暴君だったと使用人に語らせているが、この語りは、たとえば『ジェイン・エア』のロチェスターの昔の使用人の語りなどに比べて、それ以前のハーグレイヴの描写との不連続が目立つ語りとなっている。すでに述べたように、彼とヘレンのチェスの場面は、ヘレンの理知的論理的な性格を強調すると同時に、理知や論理だけでは勝負に勝てないこと、二人の対決が理性の勝負ではなく、性をめぐる駆け引きであること、この二人が性的に引き合う関係でなく、反発する関係であることを鮮やかに示している。あの場面で賭けられたのは、正義、善悪ではなかったのである。

世間一般の道徳や秩序からはみ出すものに対するアンの態度は、万人救済説に見られるように宗教的に動機付けられているが、それは、この作品の結末にもよく表れている。ギルバートはヘレンと結婚してスタニンググリー・ホールの当主となるが、彼はハンティンドン家を乗っ取るわけではない。グラスデイル・マナーとハンティンドン家の富は死んだアーサーの長男アーサーが継ぎ、ミリセントの子ヘレンと結婚することによって、そもそも最初の結婚で幸せになるはずだった「アーサーとヘレン」の結婚のやり直しをすることになる。このハンティンドン家の復興は、ギルバートの上昇婚に対する読者の反発を抑えるために用意した、秩序の回復であると見ることができよう。このような男性の上昇婚は、シャーロット・ブロンテの小説『シャーリー』（一八四九）の女地主シャーリーとチューターのルイ・ムアの結婚にも見られるように、ブロンテ姉妹にとって珍しいことではないが、作品中でも、ヘレンの兄である郷士《スクワイア》のフレデリック・ロレンスが、日頃の対等な友人関係にもかかわらず、妹ヘレンと紳士農《ジェントルマン・ファーマー》のギルバートの結婚にあまり乗り気ではなかったことは、けっして無視できない。

男性の上昇婚と女性の上昇婚には違いがあるのだろうか。それは、ギルバートがグラスデイル・マナーとスタニングリー・ホールを見てヘレンとの別れを決意する場面を、ジェイン・オースティンの『高慢と偏見』（一八一三）のエリザベス・ベネットがはじめてペンバリーを見る場面と比べると、よくわかる。エリザベスがペンバリーの女主人になることのすばらしさを想像するのに対して、ギルバートはヘレンとの身分と富の差を思い知って、静かに身を引くべきだと悟り、身を裂かれる思いをするのである。アン・ブロンテが『高慢と偏見』を読んでいて、それを意識しながら書いたかどうかは残念ながらよくわからない。シャーロット・ブロンテがはじめて『高慢と偏見』を読んでその感想をG・H・ルイスに送ったのが一八四八年の一月十二日付の手紙であるのに対して[36]、『ワイルドフェル・ホールの住人』の決定稿が出版元に送られたのは遅くとも一八四八年のはじめと思われるから[37]、時期的には非常に微妙である。

グラスデイル・マナーに対してスタニンググリー・ホールは、秩序の外に追い出されかねない者たちをも受け入れる場所であり、第二のワイルドフェル・ホールと言える。そもそもヘレンは、母の死によって生まれた家から締め出された存在であったが、スタニングリーで伯母の愛情を受けて、アイデンティティの喪失を感じることもなく、まっすぐに育ったのであった。彼女が最初の結婚に失敗したあとは、兄が身分違いとして反対したギルバートとの結婚を、スタニングリーに住む伯母は、心から祝福したのである。

最後に、作者の伝記との関連で一言述べておけば、デレク・スタンフォードがブランウェル・ブロンテの姦通事件が『ワイルドフェル・ホールの住人』に与えた影響について、「彼女［アン］は彼［ブランウェル］の情熱を目撃して、心を動かされ、興奮した。失意の中にあってさえ、彼女の想像力は、人に恋い焦がれる感じと欲望の奔流によってかきたてられたのである」といったのはまさに至言である。(38) 人をこのようにつき動かす性とはいったい何なのだろうという素朴な疑問がこの作品を書く動因になったと言い替えてもいい。この点で、アンは、性の問題を道徳的に真剣に追求したD・H・ロレンスの系譜につながっている。

この論のはじめで、狭い意味での道徳という言葉を多用したが、D・H・ロレンスにおいては性の問題こそ道徳の問題なのであって、それは、アン・ブロンテについても同じことである。著者がギルバートの成長を、性を含む道徳的成長の物語と呼んだのは、そのような意味においてである。以上のように、ブロンテ姉妹の中では最もおとなしく、常識的であると思われているアンが、自分の身近にあった問題をまじめに追求した結果、当時としてはタブーの問題に突き当たったのであった。

付　記

アーサーとギルバートはなぜ一度も出会わないのか
――BBC製作のテレビドラマ『ワイルドフェル・ホールの住人』（一九九六）をめぐって(39)

BBC製作のテレビドラマ『ワイルドフェル・ホールの住人』（一九九六）では、ヘレンの最初の夫アーサーと、のちに二番目の夫となるギルバートの鉢合わせが起こる。二人が語りの二重構造によって隔てられ、けっして出会わない原作とは大きな違いである。これは一つには、原作の語りの入れ子構造のわかりにくさを減らすための努力であると考えられる。原作では、ヘレンとギルバートとアーサーの三角関係をヘレンとギルバートの心の中のみにおける葛藤として表して、その葛藤の激しさを他の三角関係、つまり、ヘレンとアーサーとハーグレイヴ、および、ヘレンとロレンスとギルバートという偽の三角関係で代行しているのに対して、テレビ版では、中心人物三人の三角関係がくっきりと浮かび上がっている。これが可能になったのは、もちろん、現代がアン・ブロンテの時代と違って離婚や性のタブーがなくなったからである。

議論に入る前に、これ以外のテレビ版と原作の大きな違いをあげておこう。まず、ギルバートがヘレンに贈る本はウォルター・スコットの『マーミオン』からウィリアム・ワーズワースの詩集に変わっている。それから、ギルバートがロレンスをヘレンの恋人と思い込んで襲う場面には、ヘレンが偶然居合わせるという重要な改変がある。これらはみな、現代の一般的な視聴者にとって物語をわかりやすくするための工夫である。何よりも、テレビ版の冒頭がヘレンのグラスデイル・マナー脱出から始まっていることは、実に巧みな改変である。ヘレンが息子の口をふさいでベッドから連れ出し、夫の屋敷から逃げ出す始まりは、映像ならではの緊張感みなぎる導入に成功している。いわゆる「いきなり話の真ん中」(40)から始まる方法が取られているため、これから誘拐事件が語られるのかと読者を勘違いさせ、一気にサスペンスを高める工夫がされているのである。それと同時に、既婚女性に親権も財産権もなかった時代には、夫の意志に背いて息子を連れて家を出る彼女の行動は誘拐に等しかったことが視覚的に確認できる。また、テレビ版には、結婚後のアーサーが腹いせにヘレンに対して性行為を強要したり、息子のアーサーが父の感化で無意識に小鳥をなぶり殺しにしたりするなど、原作にはないエピソードが導入されている。これは、ドメスティック・ヴァイオレンスや幼児虐待など現代になってようやく万人にとって可視の問題となった問題に対して、この小説が早くも気づいていたことを教えてくれる。小鳥をなぶり殺しにするのは、もちろん、アン・ブロンテの別のテクスト『アグネス・グレイ』の雛殺しの場面で批判される男の子の教育と動物虐待の問題を参照していることは、まちがいない。

さて、最初にあげたギルバートとアーサーの鉢合わせという問題に戻ろう。テレビ版ではギルバートは、ヘレンが病気の夫の看護に戻ったことを知って、衝動的にグラスデイル・マナーまでヘレンを追いかける。そして屋敷の庭でヘレンに会い、「日記を全部読んだ今も以前と同様に愛している」と告げる。ヘレンが「神に裁いていただきましょう」といい、ギルバートが「幸福になることは罪ではありません」と答えるのは、原作で日記読了後のギルバートがワイルドフェル・ホールのヘレンを尋ねた時の会話の内容を踏襲している。原作と異なるのは、庭で息子のアーサーと遊んでいたアーサーが、二人のやりとりの一部始終を目撃して、去っていくギルバートとすれ違い、ヘレンを見てにやりと笑うことである。その後、病室で交わされる夫婦の会話は以下のとおりである。

アーサー　あのミステリアスなマーカム氏〔ギルバート〕のことは、今までに聞いたことがなかったねえ。どうやら僕は君のことを誤解していたようだ。君は僕が思っていたほど冷たい人ではないらしい。

ヘレン　あの方の農場が近所にあったのです。アーサー〔息子〕にとても親切にして下さいました。

アーサー　アーサーだけにかい？　がっかりだな。君も罪深いとわかれば、僕もほっとしたのに。

このやりとりからわかるように、原作にはないギルバートとアーサーの出会いを用意したのは、現代では姦通を断罪する意識が弱まったと同時に、現代人には信じがたいほど操が堅いヘレンに対して、視聴者の親近感を呼び起こす狙いがあるのだろう。ヘレンの抑圧された恋愛感情を、奔放なアーサーに指摘させれば、ヘレンも私たちと同じ迷える人間なのだと、視聴者は安心して、ヘレンに同情し共感することができる。

アーサーがギルバートのことを「あのミステリアスなマーカム氏」と呼ぶのも面白い。原作でミステリアスなのは人里離れた館に住む黒衣のグレアム夫人（ヘレン）だけだが、入れ子構造の内側のアーサーに、入れ子の外側を眺めさせてみれば、なるほどアーサーの領地から離れた土地に住む紳士農《ジェントルマン・ファーマー》のギルバートは、ジェントリーのアーサーの住む世界とは異質でミステリアスな人である。

原作でギルバートはハーグレイヴのすぐそばまで行って、その噂を聞かされているが、アーサーともハーグレイヴとも会う可能性が巧みに回避されているのは、複雑な語りの構造が、ヘレンの倫理性ばかりでなく、ギルバートの倫理性を貶めない上でも必要な苦心だったとまずは言えるだろう。ギルバートは、入れ子の内側の事件をヘレンの日記という媒体によって追体験するのであって、ヘレンのように実体験はしないのである。ヘレンに出会う前のギルバートのイライザとの戯れの恋は、若者にありがちな許される範囲内のものであり、『ロミオとジュリエット』のロミオのロザラインへの恋ほどにも罪のないものである。そして、ロレンスへの暴力は一時的な逸脱であった。ギルバートは入れ子の内側にいる、けっして出会わないアーサーの死を願う自分に気づいて、猛烈に反省する。これは心の中の姦淫は姦淫の実行と同じという聖書の教えを思い出させるが、心の中と現実はやはり違うというのがこのテクストの主張である。ギルバートにとってアーサーはフィクションに近い存在であり、ロレンスへの誤解に基づく嫉妬や、ヘレンの再婚という誤解と同列に並べられる。結局は、ギルバートは、ヘレン（ヘレンの日記と言葉）をどこまで信じられるかを試されているのだ。

ギルバートの置かれている立場は、兄の姦通というテクストによって、姦通を追体験したアン・ブロンテの立場に重なっている。そして、読者も、葛藤するヘレンではなく、葛藤するギルバートの位置に置かれている。実体験によって成長するのではなく、テクストを読み、学ぶことで成長することが、ギルバートにも読者にも期待されている。序文には、少女にヘレンのように間違った結婚をさせないことが創作意図として明言されており、この意図の実現のために作品の構造は、実体験によって成長できるのは、はじめから人並みはずれた倫理観を持つ人すなわちヘレンだけであることを示す形を取っている。要するに、読者も語り手ギルバートも人並みの倫理観の持ち主であり、それをできるかぎり磨くことが期待されている。このため、ギルバートはどうしてもヘレンより見劣りのするヒーローとなってしまう。

このテクストは、読者に実体験を勧めるのではなく、追体験を勧めるものである。アン・ブロンテから見れば当たり前のそのことが、シャーロット・ブロンテにも同時代人にも見えなかった。殊に、シャーロットは、実体験を作品に昇華するタイプの作家であっただけに、自分とは異なるタイプの作家であるアンの真価を見極め切れなかったのである。このテクストでは、実体験（入れ子の外側でギルバートが体験すること）と追体験（入れ子の内側で、グラスデイルを舞台にしたヘレンとアーサーの物語）が明確に峻別されている。作者の意図は、追体験から実体験に近づくことにあるが、実体験と追体験は理性によって厳しく峻別されており、両者を混同することには理性が歯止めをかけている。これが、姉エミリ・ブロンテの『嵐が丘』の語りの構造との決定的な差である。

『嵐が丘』では、語りの二重構造がかえってヒースクリフとキャサリンの異様な関係に読者を引きずりこむ。ロックウッドとネリー・ディィーンという二人の語り手の陳腐さが語りの二重構造によって露呈し、読者は異様なものを受け入れる感受性または芸術性をもっているかどうかが試される。『嵐が丘』を読むためには、読者は迷わず理性や倫理観を一時停止させて、入れ子の中身に無分別に飛び込むしかない。そうすれば、この異様な世界の激しさに直に接することができるのである。そして、このような二重構造のしくみこそ、理性の人であり、倫理の人であるアンからは深刻な批判の対象となったのであり、いわゆる「双子の決別」が起こったのである。『ワイルドフェル・ホールの住人』でも、入れ子の外側（ヘレンとギルバート）より、内側（ヘレンとアーサー）のほうがより深刻で重要なテーマであるから、内側に読者を引き込む必要はあるが、『嵐が丘』のように、理性や倫理観を麻痺させて、ただ圧倒されるというようなあり方にしないための努力が払われているのだ。これを、エミリの優勢であり、アンの劣勢であると見る人は多いだろう。

以上のようにテレビ版がギルバートとアーサーの鉢合わせという場面を創出してくれたおかげで、作品の本質に迫るさまざまな問題を考えることができた。しかしながら、日記読了時の恋人同士の邂逅に第三者を立ち会わせたために、二人の初めての思いがけない抱擁の場面が、テレビ版では削られることになってしまったのは残念である。原作では、日記を読み終わったギルバートは、ヘレンに改めて愛を告げるが、ヘレンは不倫の関係を承諾しようとはせず、「天国で会いましょう」というような返事しかしない。何度かやりとりがあったあと、あきらめてギルバートが帰る前に次のような展開がある。

僕は自分の願いを口に出さなかったが、彼女はすぐにそれを理解した。今度は彼女が折れる番だった。というよりもむしろ、懇願するとか折れるとかいうような故意に基づくことは何もなく、二人ともこらえきれないような突然の衝動が湧き起こった。僕が彼女の顔を覗き込むと、次の瞬間僕は彼女を胸に抱きしめていた。そして僕たちはいかなる肉体的な力も精神的な力も切り離せないくらいに、しっかりと抱き合ったようだった。「神のお恵みがありますように」「さあ、帰って」というささやきが彼女が言ったすべてだった。しかし、そう言いながらも、彼女は僕をひしと抱きしめていたので、力づくでなければ彼女の言うとおりにすることはできなかった。しかし、とうとう僕たちは、英雄的な努力をして、自分たちの体を引き離し、僕は走って屋敷から出た。（第三巻第八章）

この場面は、理性を突き破って情念が噴出するところであり、アン・ブロンテのブロンテ的なところと、アンらしさを考える上で非常に興味深く、重要である。

テレビ版には大きな変更がもう一つある。原作では翻弄され、試されるのは、いつもギルバートだが、テレビ版ではヘレンも翻弄され、試される。原作でエスターとロレンスの結婚式をヘレンとハーグレイヴの結婚式と誤解するのはギルバートだが、テレビ版ではヘレンがリチャード・ウィルソンとイライザの結婚式をギルバートの結婚式と勘違いする。（原作ではリチャード・ウィルソンと結婚するのは、メアリ。）また、最後にプロポーズするのは原作ではヘレンだが、テレビ版ではギルバートである。男女対等の現代では、恋愛関係も対等で、やきもちを焼くのも対等にしなければ、ということなのだろうか？　原作の意図的な女性上位は、現代から見れば行き過ぎの逆差別なのだろうか？　原作のヘレンは現代人にとっては完全無欠すぎるのだろうか？

ここで思い出すのは、一九九七年にこの小説をある英文科のゼミで取り上げた時の学生たちの反応である。学生たちは口を揃えて、ヘレンの生真面目さを批判し、「こんな生真面目な女性と結婚したら息が詰まって、アーサーみたいに浮気したくなる」と批判した。その反面、しっかり者のヘレンの相手には、少々頼りないギルバートでうまく釣り合うという点で学生の意見は一致していた。これまで特に英米の批評家には何かと受けの悪いギルバートを、ジェンダー平等が前の世代よりも進んだ現代の日本の若者が抵抗なく受け入れていることは、面白い発見だった。その上で、テレビ版のギルバートの造型について考えてみると、か弱い女性を守るたくましい男性という昔のハリウッド映画的な特徴が目立ち、必ずしも二十世紀末の男女観を反映していないことに気づかされる。『ワイルドフェル・ホールの住人』の古さと新しさを見極めるためには、より多くの若い世代が読解に加わることが必要だと言えよう。

第三章　『ワイルドフェル・ホールの住人』から見た『嵐が丘』の眺め

比較研究の姿勢の問題

ここ数年のアン・ブロンテ研究の進展に伴って、これからブロンテ姉妹全体の研究にも多少の軌道修正が必要となるだろう。その中でも、アンと長年「ゴンダル」の共同執筆者であった「双子」のエミリ・ブロンテの研究は、アンとの関係からみた新しい視点がより重要な観点になると思われる。エミリとアンの作品の比較研究はこれまでにも、エドワード・チタムの「双子の決別――『ワイルドフェル・ホールの住人』のいくつかの手がかり」(1)やN・M・ジェイコブズの「『嵐が丘』と『ワイルドフェル・ホールの住人』におけるジェンダーと重層的な語り」(2)などによって興味深い論が展開されている。しかしながら、どちらの論も、『嵐が丘』のほうが『ワイルドフェル・ホールの住人』よりも数段優れているという結論をあらかじめ用意した上での比較であり、二つの独立した作品の比較研究の姿勢としては、ふさわしいとは言えない。ここでは、従来の『嵐が丘』寄りの『ワイルドフェル・ホールの住人』論の姿勢を批判しながら、『ワイルドフェル・ホールの住人』から『嵐が丘』を見ることによって、『嵐が丘』と『ワイルドフェル・ホールの住人』の特質を今一度とらえ直してみたいと思う。

これまでのブロンテ姉妹論や、アンとエミリの作品の比較論でよく主張されることは、アン・ブロンテは、エミリ・ブロンテの『嵐が丘』の不道徳性に衝撃を受け、『嵐が丘』のまちがった道徳観、倫理観、宗教観を正すために、パロディーという手法を使って、『嵐が丘』を批判的に書き直したというものである。アンとエミリが血のつながった姉妹であるだけでなく、共同執筆者だったことを考えると、このような読み方は、まずは妥当と言えるかも知れない。しかし、『嵐が丘』が今や誰にとってもまちがいなく傑作とみなされているという状況の中では、このような読み方をした場合、傑作『嵐が丘』に挑んだ勝負は、はじめから負けが明らかになってしまう。そして、アンは、エミリよりも、既成の道徳や倫理、宗教観に縛られた作家であり、独自の宗教観をもっていたエミリよりも劣っているに違いないというまちがった結論が引き出されることになる。ここで注意したいのは、アン・ブロンテが小説家の姉妹を持たなかったら、こんな結論は出てこなかっただろうということである。そこで本章では、他の章と同様に、『ワイルドフェル・ホールの住人』と『嵐が丘』を虚心に読んで（もちろん、テクストを「虚心に」読むなどということは不可能であることは重々承知しているから、先入観なしに、と言ったほうが適当かもしれない）、二つの文学テクストを比較するところから、この二人の作家の本質的な興味や関心の違いについて考えるという手順を踏んでみたい。

見かけ上の共通点と類似点

まずはじめに、二作品の共通点と類似点から確認していくことにしよう。第一に、どちらの小説も物語のほぼ終わりの時点が小説の始まりとなっているという共通点をもっている。『嵐が丘』の物語は、ヒースクリフの死の半年前に、ロックウッドがはじめて嵐が丘を訪れるところから始まっている。ロックウッドは、社交辞令の通用しない嵐が丘の住人に興味を抱き、家政婦のネリーに、アーンショー氏がヒースクリフをリヴァプールから連れてきた過去から始まる一家の物語を語ってもらう。一方、『ワイルドフェル・ホールの住人』では、ヘレンと結婚したギルバートが家族の留守中に友人（妹の夫）に手紙を書くことを通して、妻とのなれそめを語るところから始まっている。このように、友人への手紙という形で来歴を語る書き出しは、エミリの小説よりはむしろシャーロットの『教授』と同じだが、この書き出しに『教授』の序章と本編ほどの不整合は感じられない。

第二に、小説の舞台となる屋敷の名前である嵐が丘すなわちワザリング・ハイツとワイルドフェル・ホールは、いずれも荒々しい響きをもち、ともに頭文字がWとHで始まっている。「ワザリング」は、激しい風の動きを示す方言であり、「ハイツ」は高地にある住宅を意味する。「ワイルドフェル」は、荒れ果てた丘陵地という意味である。どちらの屋敷もエリザベス朝の頃に建てられた古い屋敷で、人里離れた場所にあり、小説の結末では閉鎖されて無人となる。

第三に、両作品ともに、姓か名がHで始まる登場人物が多い。『嵐が丘』には、ヒースクリフ、ヒンドリー、ヘアトンが登場する。『ワイルドフェル・ホールの住人』には、ヘレン、ハンティンドン、ハーグレイブ、ハタズリー、ハルフォードが登場する。単純に数を比較すると、『ワイルドフェル・ホールの住人』のほうがHで始まる名をもつ登場人物が多く、Hで始まる名前に対するこだわり、偏執が感じられるといっても言い過ぎではないだろう。何がアン・ブロンテにこのような命名をさせたのだろうか？

この頭文字について考える際には、『嵐が丘』の二代目の物語の中のボールのエピソードについての考察が役に立つかもしれない。それは、キャサリンとリントン・ヒースクリフがCとHの頭文字がついた二個のボールで遊ぼうとすると、Hのボールから籾殻が出てきて、リントンは遊ぶのをやめるというエピソードである。このHのボールは、少年時代の馬をめぐる諍いのエピソードを思い出せば、もともとは自分のボールをなくしたヒースクリフがヒンドリーから無理やり奪い取ったボールだったと推測することができる。さらに推測を続ければ、その後このボールは、幼いヘアトンが自分の名前の頭文字と同じだからという理由で、自分のものにしたということは想像に難くない。そのとき彼の前には遊び相手になるCのイニシャルをもつ女の子はまだ現れていなかった。そして、当該場面では、リントン・ヒースクリフが自分の姓の頭文字との一致を理由に、このボールの所有権を主張している。ここで面白いのは、Cという頭文字が一代目にせよ二代目にせよ、キャサリンという女性をまちがいなく指すのに対して、このボールのHの文字は、キャサリンという女性をめぐって対立する男たちのうち誰を指すのかあいまいだということである。これに対して、『ワイルドフェル・ホールの住人』ではヒロインのヘレンも、男たちと同様に名前にHの頭文字を持っている。しかも、興味深いことに、ヘレンにふさわしい配偶者となるギルバート・マーカムは、姓にも名にもHという頭文字を持っていないのである。道徳的に一見完全無欠であるヒロインが、行動に問題のある男たちと共通の頭文字を持つというのは、注目に値する。このことは、すでに第二章で論じたように、この作品が善人ヘレンによる悪人アーサーの断罪の物語ではなく、ヘレンの性的成長の物語であることを構造上からも支持するものである。つまり、ヘレンは夫のアーサーほどではないものの、性的葛藤の末に成長を遂げたのである。

第四に、どちらの作品も、男女二人の語り手を置き、その二つの語りが入れ子状になって、サスペンスを高めながら、事件の真相に迫るという構造上の共通点を持っている。また、どちらも、口頭の語りだけではなく、手紙や日記という形の語りの形式もその長所を十二分に生かしながら駆使している。ただし、『嵐が丘』の場合は、語り手は、登場人物としては脇役であり、手紙や日記、語り手への告白という形で、主役の声を読者が直に聞く形になっているのに対して、『ワイルドフェル・ホールの住人』では、二人の語り手は、主役も兼ねている。ヘレンは過去の恋愛と苦悩を日記という媒体で表現し、ギルバートへの新たな恋愛は、ギルバートに直に伝えるという形をとっている。

以上のように、二つの作品には、多くの見かけ上の類似があることがわかるが、このような見かけ上の類似は、二人の作家がかつて共同執筆者であったことの名残を示すと考えてよいかもしれない。これらの見かけ上の類似以上により本質的で、注目すべき類似は、二作品ともに作品内部の時間、つまり、年代と日付をはっきり設定しており、現実のイギリス社会の動きと何らかの関係をもった物語が構想されているということである。これは、エミリとアンの姉であるシャーロットが一八一二年のラッダイト運動を背景に置いた『シャーリー』以外では、『教授』でも『ジェイン・エア』（一八四七）でも『ヴィレット』（一八五三）でも、作品内で日付や年代を特定していないことと、きわめて興味深い対照をなしている。

現実のイギリス社会における既婚女性の権利獲得運動との関係

エミリもアンも、現実的な法律や経済の知識をもとにして作品を構成したということは、C・P・サンガーやA・J・ドルワリーらの研究が明らかにしてきた。(3) ここでいう法律や経済とは、主として、ジェンダーに関係する法律や経済問題である。それは、もっと具体的に言い替えれば、相続、離婚、親権などの既婚女性の権利に関わる問題である。ブロンテ姉妹の存命中の一八三九年には、未成年者監護法(4)が制定され、別居・離婚後に母親が子に会えるようになった。彼らの死後、数々の法律の改正や制定が行われた。具体的な法律の名称をあげていくと、未成年者監護法、(5) 婚姻・離婚訴訟法、(6) 既婚女性財産法、(7) 未成年者後見法(8) などである。これらの法律は、ブロンテ以前から改正や制定の要求があったものをさまざまな反対や議論を経て、ようやく改正されたり制定されたりしたものである。ということは、ある意味でエミリ・ブロンテとアン・ブロンテの作品は、彼らの存命中にあった法律や慣習法はもちろん、彼らの死後に制定されたり改正されたりした法律をも、その実現を切望し、予見する形で、視野に入れていると考えてもよいだろう。

ここで、今あげた数々の法律の内容を確かめる上でも、現実のイギリス社会での出来事と、『ワイルドフェル・ホールの住人』と『嵐が丘』の物語内部の事件の年表を作ってみよう。現実社会の出来事は、女性の権利の拡張に関するものを主とし、ほかには、フィクションの中の事件との関係が深いと著者が判断したもののみにとどめた。

『嵐が丘』『ワイルドフェル・ホールの住人』と現実のイギリス社会の年表（既婚女性の権利獲得を中心に）[9]

フィクションの中の事件	年	現実の事件
ヒースクリフ、嵐が丘へ連れてこられる	一七七一	
	一七七五	アメリカ独立戦争開始
ヒースクリフ失踪	一七八〇	
キャサリン、エドガーと結婚	一七八三	パリ条約締結
キャサリン、出産後、死去	一七八四	
	一七八九	フランス革命勃発
	一七九二	メアリ・ウルストンクラフト『女権擁護論』
ロックウッド、嵐が丘を訪問	一八〇一	グレート・ブリテンとアイルランドの連合
ヒースクリフ、死去	一八〇二	フランス革命戦争終結
	一八〇七	イギリス、奴隷貿易禁止
	一八〇八	アメリカ、奴隷貿易禁止
	一八一七	のちのジョージ四世の長女シャーロット王女、出産により死去し、国民的哀悼。王族公爵たち（のちのウィリアム四世を含む）は王位継承の地位を狙って、王族でない妻子を捨て、外国の王族と次々に結婚

一八二〇		ジョージ四世即位。キャロライン王妃運動（新王が合意の上別居中の王妃の戴冠式への出席を拒絶し、離婚を画策したのに対し、国民が二派に分かれて対立）。アン・ブロンテ誕生
一八二一	ヘレンとアーサーの結婚	ジョージ四世、戴冠。王妃死去
一八二七	ヘレン、ワイルドフェルの住人となる	キャロライン・シェリダンとジョージ・ノートン（法廷弁護士《バリスター》、MP）結婚するが、夫は妻に暴力をふるい、たびたび別居。キャロラインはロンドン社交界の芸術的政治的サークルで活躍
一八二八	ヘレン、アーサーを看病 アーサーの死	
一八二九	ヘレンとギルバート、スタニングリーで再会	
一八三〇	ヘレンとギルバートの結婚	ジョージ四世没、ウィリアム四世即位
一八三四		未成年者監護法案、議会にはじめて提出。物的財産相続法
一八三六		婚姻法 ジョージ・ノートン、妻の不在中に子どもを連れ去って隠し、妻を締め出す。さらに、妻キャロラインと姦通をしたとしてメルボルン卿（首相）を告訴（賠償金一万ポンドを請求）するが、敗訴。しかし、キャロラインの社交界での名声は落ち、三人の子とも会えず（そのうち一人は夫のもとで死去）。別居にもかかわらず、作家としてのキャロラインの収入は、法律上夫のものとなる。キャロラインは既婚女性の権利（親権と財産権）獲得のための運動を開始
一八三七		ヴィクトリア女王即位（以後、家庭生活におけるモラルが厳しくなる）

ギルバートのハルフォード宛の手紙

一八三九	不動産遺言法。キャロライン・ノートン、『わが子の養育に対する母親の当然の権利』 [未成年者監護法] 姦通の罪を犯していない女性は別居・離婚後も子に接見できる
一八四〇	ヴィクトリア女王、アルバート公と結婚
一八四一	アン・ブロンテ、ソープ・グリーン・ホールのガヴァネスになる
一八四三	ブランウェル・ブロンテもアンに合流　ミセス・ヒューゴー・リード『女性の権利を求める請願』
一八四五	アン、ソープ・グリーンを辞去。ブランウェル解雇
一八四六	アン・ブロンテ、『ワイルドフェル・ホールの住人』の執筆開始
一八四七	シャーロット・ブロンテ『ジェイン・エア』、エミリ・ブロンテ『嵐が丘』、アン・ブロンテ『アグネス・グレイ』出版。『ワイルドフェル・ホールの住人』脱稿?
一八四八	シャーロット・ブロンテ、ジェイン・オースティンの『高慢と偏見』の感想をG・H・ルイスに書き送る。『ワイルドフェル・ホールの住人』出版。ブランウェル死去。エミリ・ブロンテ死去
一八四九	アン・ブロンテ死去
一八五一	国勢調査で女性人口の余剰（男性よりも五十万人多いこと）が判明し、未婚女性の置かれた経済的状況への関心が高まる 女性選挙権請願書が上院に提出される。「ウェストミンスター・レビュー」にハリエット・テイラー『女性の解放』。シャーロット・ブロ

	ンテは、エリザベス・ギャスケル宛の手紙の中で「この筆者は自己犠牲の愛と無私の献身というものがあるのを忘れている」と批判
一八五四	シャーロット・ブロンテ、アーサー・ベル・ニコルズとの結婚に際し、婚姻継承的財産設定
一八五五	シャーロット・ブロンテ死去（遺言により、婚姻継承的財産設定は無効となる）。キャロライン・ノートン『大法官クランワースの婚姻・離婚法案に関して女王に宛てた書簡』、バーバラ・リー・スミス・ボディション『女性に関する最も重要な法律の平易な簡約』（「夫婦は一心同体」という言葉の法律的な意味を明らかにする）
一八五六	既婚女性財産法案提出されるが廃案になる
一八五七	［婚姻・離婚訴訟法］夫の姦通以外の特別な事情（暴力行為や妻子不法遺棄）を理由に女性が離婚する権利を認める。離婚後も女性が子に接見する権利を拡大。法的別居後もしくは夫の遺棄により保護命令後の女性に財産権を認める
一八六六	シャーロット・ヤング『一家の中の賢い女性』（女性人口余剰問題を告発した小説）
一八六七	J・S・ミル、女性参政権の動議を議会に提出
一八六九	ガートン・コレッジ創立。女性固定資産税納付者が都市の選挙権を獲得
一八七〇	［既婚女性財産法］既婚女性に収入の二百ポンドまでの保持を認める ［教育令］女子にも男子と同じく初等教育

一八七三　［未成年者監護法］離別後の母が十六歳以下の子の養育権を認められる。ただし姦通の場合は不可
一八八二　［既婚女性財産法］女性に自分の財産を所有し管理・処分する権利を認める
一八八四　［既婚女性財産法］既婚女性はもはや夫の 'chattel'（動産、奴隷）ではなく、独立した別の個人とみなされる
一八八六　［未成年者後見法］夫が死亡した場合、妻は子の唯一の後見人となれる
一八九三　ジョージ・ギッシング『余った女たち』（女性人口余剰問題と「新しい女」）
一八九五　トマス・ハーディ『日陰者ジュード』
一九一五　D・H・ロレンス『虹』
一九一六　D・H・ロレンス『恋する女たち』
一九一七　三十歳以上の女性に国会議員の選挙権および被選挙権
一九一八　［性による資格剝奪を除去する法］教会以外のすべての職業を女性に解放
一九二三　女性が夫の姦通のみを理由として離婚を請求する権利が認められる。離婚後、元夫は妥当な影響がある場合のみ子に接見することを認められる
一九二五　［既婚女性財産法］あらゆる財産処理にあたって夫と妻を別々の個人として扱うことが義務づけられる
一九二五　［未成年者後見法］男女平等の親権

一九二八	二十一歳以上の女性に国会および地方議会の選挙権
一九三七	遺棄および精神異常も離婚理由とできるようになる

いささか長い年表となったが、この年表を見れば、どれだけ長い道のりを経て、第二次世界大戦の直前までに今では当然のように思われている女性の権利が獲得されたかということがわかると思う。

この年表から、われわれは、エミリ・ブロンテも、アン・ブロンテも、現実のイギリス社会での出来事や法律の制定や改正と、虚構の物語の事件とを、関連づけて、作品を構想しているということが改めて確認できるだろう。つまり、『嵐が丘』も『ワイルドフェル・ホールの住人』も明らかに、現実のイギリス社会のジェンダーのあり方をテーマとして意識しているのである。

『嵐が丘』と現実社会との関係についてはすでに多くの研究がなされているのでここでは省略し、『ワイルドフェル・ホールの住人』と現実のイギリス社会の関連についてまとめておきたい。まず、年表を読む際の基本事項として、ジョージ四世の治世とその前の摂政時代は、文化的な爛熟期であると同時に、性と家庭生活については放縦と遊蕩の時代であったということがある。この中で多少なりとも国民の尊敬を集めるに値する人物と目されたシャーロット王女の死去、続いて、キャロライン王妃に対する同情が、のちの家庭のモラル重視のヴィクトリア女王時代を準備したというのが、大方の歴史家の見方であるようだ。[10] 年表を見ると、アン・ブロンテは、キャロライン王妃運動と作家キャロライン・ノートン（一八〇八—七七）の活動という二人のキャロラインの事件と、『ワイルドフェル・ホールの住人』のアーサーとヘレンの結婚を関連づけていることが明らかである。

ここで、キャロライン・ノートンの事件と一連の活動について、まとめておこう。[11] 彼女は劇作家リチャード・シェリダンの孫で、社交界の花形、サロンの主催者であり、一八二七年に貴族で上院議員のジョージ・ノートンと結婚した。彼は妻の縁故関係を利用して出世することを妻に拒否され、妻に暴力をふるい、二人は別居と和解を繰り返した。一八三六年に夫は三児を隠して、妻に会わせることを拒否し、イングランドの法が及ばないスコットランドで子どもたちを母親に会わせよという裁判所の命令も無視した。さらに、時の総理大臣を妻との姦通の疑いで告発した。この裁判に負けたため彼は妻を離婚できなくなったが、妻も暴力を受けた後夫のもとに帰ったことがあるため夫を離婚できなくなっていた。夫は親族からの贈物を含む妻の所持品を私物化したばかりか、妻の父からの遺産も、信託財産の利息も、文筆から得た収入も私物化した。母からの遺産は婚姻継承的財産設定がなされているため私物化できないと知ると、妻に約束した生活費の支払いを打ち切った。これらはすべて夫側の有能な弁護士や判事による合法的な私物化であるが、生活費を止められたキャロラインも逆に法に則って、夫名義の借金の請求書をこしらえた。かくして、キャロライン・ノートンは、以上のような窮状を打開するために、パンフレット等を執筆して議員に配り法律改正のために闘うことになった。興味深いことに、彼女は男女平等を信奉しているわけではないと明言しているが、彼女の闘いの結果、既婚女性の親権、財産権、離婚の権利が獲得され、男女平等の法律の整備に大きく貢献することとなった。

アン・ブロンテにとっては、キャロライン王妃運動は自分の生まれた年に起こっているという点で特別な事件とみなされたのではないかと推測できる。また、ジョージ・ノートンの訴訟事件は、ブロンテ一家の購読紙である「リーズ・マーキュリー」（一八三六年六月二十四日付）に掲載されているので、アン・ブロンテもその記事を読んだか、家族の中で話題になったことは確実と思われる。[12]

以上のようなイギリス社会の現実を二人の作家はそれぞれどのように小説という媒体の中で表象したのであろう。

次にこの問題を小説のプロットに沿って、見ていくことにしよう。

ヒロインたちの結婚制度についての誤解

『嵐が丘』でも『ワイルドフェル・ホールの住人』でも、ヒロインは、結婚前に結婚制度に対する誤った思い込みを持っており、結婚してはじめて、女性にのみ過酷に働く結婚制度に失望することになる。たとえば、『嵐が丘』のキャサリンは、エドガーと結婚して、兄ヒンドリーの上に立ち、ヒースクリフを救うという目論見をこう語っている。

ネリーはあたしのことを自分勝手な女だって思っているようだけど、ヒースクリフとあたしが結婚したら乞食になるってことがわからないの？　リントンと結婚すれば、ヒースクリフが身を立てるのを助けてやれるし、兄さんの支配下から救い出すこともできるってことが。（第一部第九章）

実際にはキャサリンは、結婚によって娘時代のアーンショーという名前を奪われるだけでなく、持参金は夫の名義となり、ムーアを走り回る自由も奪われる。そのことを彼女がやっと悟るのは、精神が錯乱する直前のことである。

一方、『ワイルドフェル・ホールの住人』のヘレンも、結婚によって女性が法的に被る不利益については全く無知であった。ヘレンの伯父は、ヘレンにアーサーとの結婚の意志を確かめた時、アーサーとヘレンの良好な資産状況について述べる。アーサーについては、父から譲られた遺産は枯渇しているが、アーサー個人の資産は潤沢であり、増える見込みもあること。一方、ヘレンは父からの持参金に加えて伯父の死後、その資産を相続する可能性ももっていること。それらを確認した上で、伯父は、「セツルメント」についてのヘレンの意向を尋ねる。この「セツルメント」という言葉は、単に結婚の際の財産の取り決めを指すこともあれば、特に、婚姻継承的財産設定を指す場合もある。(13)ヘレンが複数の親族からの資産の取得が期待できるという状況を考えると、伯父は、結婚後もヘレンが自分の資産を確保できるような婚姻継承的財産設定のことを言ったと考えてもよさそうである。いずれにせよ、この時点で、ヘレンは、婚姻継承的財産設定の必要性を全く理解していない。ヘレンは、結婚した男女は一心同体で、二人の財産は二人のものだから、財産のことで頭を悩ませる必要はないと言うのである。次にあげるのは、伯父とヘレンの会話である。

「おまえは、夫になる男の財産の状態を調べようなどとは、夢にも思っていないだろうね。それに、セツルメントや何かそういったことで自分の頭を悩ますつもりもないだろうね」

「そうすべきではないと思います」

……（中略）……

「それで私はこの若者にセツルメントの問題を尋ねたんだが」と伯父は言葉を続けました。「彼はその点については寛大に振る舞うつもりらしい」

「もちろんそうだと思っていましたわ」と私は言った。「でも、どうかそのことで伯父さまの頭を悩ませないで下さい。彼の頭も、私の頭もということですが。なぜなら、結婚したら、私のものはみんな彼のものになるのですし、彼のものはみんな私のものになるのですから、私たち二人にそれ以上何が必要でしょうか」

（第二巻第一章）（下線部は著者による）

イギリスの慣習法《コモン・ロー》においては、結婚した男女は確かに一心同体とみなされるが、この一心同体のカップルを法律的に代表するのは、男のほうに限られると解釈されていた。(14) 結婚によって妻の人格は夫に吸収され、妻には何の権利もない。ヘレンは、結婚前にこのことを十分認識していなかったのである。

ところで、イギリスには、このコモン・ローの欠陥を埋め、正義公平を保つための法として、衡平法が存在した。その中に、すでに述べた婚姻継承的財産設定があって、(15) 妻になる女性が莫大な資産や収入を持つ場合にそれを夫から保護することができた。たとえば、シャーロット・ブロンテは、父の助任司祭アーサー・ベル・ニコルズと結婚する際に、すでに流行作家として莫大な収入があったために、周囲の勧めを受け入れて、この法手続きを取っている。ただし、シャーロットの場合は、死ぬ直前に夫の献身に感謝して、遺言状によって夫に自分の全資産を譲ったため、婚姻継承的財産設定は事実上無効となった。(年表参照)

現代人には信じがたいことだが、この法手続きを取らなければ、妻が独力で稼いだ金も、法律的には夫の収入とみなされるのであった。もっとも、この手続きを取ったところで、既婚女性は財産の取得、管理、処分などに伴う責任を負えなかった。

結婚制度に対する異議申し立て

話を元に戻して、両作品のジェンダーの問題についての姿勢を引き続き、見ていくことにしよう。両作品ともに、当時の支配的イデオロギーが無条件に良きものとみなした「家族」および「家庭」のグロテスクな姿を描き出し、既存の家族制度に疑問を突きつけている。『嵐が丘』の冒頭では、ロックウッドはヒースクリフ、ヘアトン、キャサリンから成る、憎しみによって結ばれた異様な家族を目撃する。これに対して『ワイルドフェル・ホールの住人』では、ヘレンは結婚前に次のような考えを伯母に表明していた。

「夫を導こうとは思いません。でも、夫を過ちから救うのに十分な影響を与えることはできるでしょうし、高貴な性格の方を破滅から救う努力をすることで、私の人生を費やすのはよいことだと思います」（第一巻第十七章）

ここでは、いわゆる「家庭の天使」になって不真面目なアーサーを善導するという立派な心がけが語られている。しかし、この夢は無残に打ち砕かれ、ヘレンは、夫とその友人たちの悪影響が自分だけでなく息子にも及ぶことを恐れるようになり、家庭は天国から地獄に変貌する。

このように、どちらの作品にも、結婚制度ないしは家族制度に対する強い問題意識が表れている一方で、制度に翻弄されるヒロインの描き方は大きく異なっている。『ワイルドフェル・ホールの住人』の場合、ヘレンの結婚前の、夫への妻の良い感化と夫婦の財産は夫婦のものという思いこみは、夫婦は対等であるという前提があってこそのものであった。そのことは、ヘレン自身の口から伯母夫婦にはっきりと述べられる。それが結婚後、夫の言葉によってことごとく否定される過程が詳細に描かれる。次にあげるのは、ヘレンとアーサーの会話である。

「君こそ結婚の誓いを破っているじゃないか」彼は憤然として立ち上がり、行ったり来たりした。「僕を敬い、従うと約束したのに、僕にいばりちらして、僕を脅したり、非難したりして、追い剥ぎよりひどい名前で呼んでいる。君が僕の妻じゃなかったら、こんなにおとなしく従うことはできないだろうね。僕は女に指図されるつもりはない。たとえ、その女が僕の妻であっても」（第二巻第八章）

「でも、こんなふうに振る舞いつづけていたら、あなたが私のことを愛しているなんてどうやって信じられるでしょうか。ご自分を私の立場に置いて想像してみて下さい。私が同じ事をしたら、私があなたを愛していると思いますか。こんな状況下で、私の反論を信じ、私を敬い、信頼しますか」

「男と女では話が別だよ」と彼は答えた。「貞淑であることは女の生来の性質だ。一人の男、たった一人の男を盲目的に、優しく、永遠に愛し続けることは。彼女たちにお恵みあれ、とりわけ君にはね。でも、われわれ男には哀れみをかけてくれないとね、ヘレン。もうちょっとわれわれに寛容になっておくれよ、シェイクスピアもこう言っているんだから」（同上）（傍線部は著者による）

ヘレンは夫と妻、男と女は対等という前提のもとに議論しているが、アーサーは、夫と妻、男と女は異なり、前者が後者より上という階層性をもつ関係であるという前提に立っている。重要なことは、アーサーの主張が当時の結婚制度の基本的理念と一致することである。「貞淑であることは女の生来の性質だ」という了解があるからこそ、婚姻・離婚訴訟法成立後も夫の姦通のみを理由とした離婚は不可能であったし、未成年者監護法および後見法成立後も、姦通を犯した女に母としての資格を認めないことが長く続いた。（年表参照）

以上のように、ヘレンもキャサリンも、結婚前に法が定める夫婦の関係について大きな誤解をしていたことで共通している。しかし、ヘレンとキャサリンには、大きな違いがある。ヘレンの場合は、思いこみといっても、聖書を自分なりに研究した結果、万人救済説を自然に信奉するようになったのと同様に、夫婦の法的関係についても一応の論理的考察を経た結論であるというところが面白い。宗教心と道徳心に厚く、理性的なヒロインの論理的考察を経た結論が、当時の法律のジェンダー・バイアスを厳しく批判する形になっているのである。

これに比べると、キャサリンは、ヘレンのような強い信仰心も道徳心もなく、理性にも教養にも欠けた女性として構想されている。したがって、彼女の発言は、エドガーと結婚してヒースクリフを救うという発言にせよ、たくさん息子を生んでイザベラから相続権を奪うという発言にせよ、場当たり的な思いつきにすぎない印象を読者に与えざるをえない。

さらに、キャサリンが失望から発狂するのに対して、ヘレンは、夫のもとから息子を連れて逃げるという、思い切った行動を取る。この行動は、既婚女性に財産権も親権も認めなかった時代にあっては、法的には、夫に逆らった妻が夫の財産を強奪したとみなされ、世間的にも受け入れられることではなかった。もちろん、このような立場の妻に対する世間の同情が皆無ではないことは、ブロンテ師が信徒から相談を受けた時、このような解決策を勧めたことに表れている。

ジュリエット・バーカーの伝記とシャーロット・ブロンテの手紙によれば、一八四〇年十一月にコリンズ夫人というキースリーのバスファイルド師の副司祭の妻が、夫の酒浸りの生活と借金と暴力に苦しんで、ブロンテ師の助言を求めに訪れた。(16) ブロンテ師は夫との別居を勧め、コリンズ夫人はこの助言に喜んで帰っていったが、助言を実行することはできなかった。それから六年半後の一八四七年四月に夫人はハワースを再訪し、その後の顛末を語った。コリンズは、イギリスばかりでなくフランスでも放蕩し、性病を妻にうつして、二人の子とともにマンチェスターの宿屋に置き去りにした。しかし、コリンズ夫人は性病を乗り越え、現在ではマンチェスター郊外で宿屋を経営しているということだった。(17)

このエピソードからわかることは、ブロンテ師の示した解決策は被害者から見れば最善のものであっても、当時の常識に反するものだったということである。この被害者が彼の助言に喜びながらもすぐには従えなかった原因を、現代のドメスティック・ヴァイオレンスの心理学の見地から被害者が加害者との依存関係から抜け出す困難として説明することも可能だろうが、この時代に既婚女性の権利が認められていなかったという大きな違いを無視することはできない。事態が深刻化するまで別居を実行できなかったのは、やはり世間の非難と子どもを夫に奪われる怖れにあったと考えるべきだろう。つまり、ヘレンのような行動を支持する人は皆無ではないにしても、例外であり、世間の一般的な反応は、夫のもとから逃亡した妻への非難であって同情ではなかった。現に『ワイルドフェル・ホールの住人』の第三巻第十四章の始めでも、教区司祭のマイケル・ミルワード師がそのような発言をしていることをギルバートが批判しながら伝えている。このような世間の自分への非難を予測できたため、ヘレンは偽名を使い、未亡人と偽ったのである。

植松みどりは、『嵐が丘』について、キャサリンとイザベラの結婚制度に対する無念を二代目のキャサリンがはらすという興味深い読みを提示しているが、(18) キャサリンがヘアトンと築く幸福は、この世界の秩序の守り手である語り手のネリーが容認できる、既存の秩序の範囲内に収まる幸福であることを指摘しておきたい。二代目キャサリンの生命力は、まわりのものすべてを混乱に巻き込む一代目の激しい生命力（しかも、死後も物語世界を支配する力）に比べれば、かなりリントン化された穏やかなものである。彼女がネリーが介入できない幼年期の至福の時間をヘアトンとペニストン・クラッグスで過ごしたのも、リントン・ヒースクリフにこっそり会いに行くという禁忌《タブー》を犯したのも、成長過程の一時的な逸脱であり、一代目のキャサリンの、ヒースクリフともエドガーとも等間隔の関係を保ちたいという始めから常識では測りがたい逸脱とは質的な性格が違うのである。もちろん、これを一夫一婦制《モノガミー》に対するラディカルな批判と読むことは可能ではあるが、今の議論でとりあえず確認が必要なのは、キャサリンの視点に立つかぎり、『嵐が丘』の三角関係においては、本質的な問題は結婚制度ではないということである。つまり、『嵐が丘』でも『ワイルドフェル・ホールの住人』でも、現実のイギリス社会の法律と経済を重要な基盤として扱い、それに対する深い関心を示してはいるが、その上で小説の最終目的をこの制度に対する再考や転覆とするのは、『嵐が丘』ではなく、むしろ『ワイルドフェル・ホールの住人』のほうなのである。

現実を変える力を持つアン・ブロンテのヒロイン

ところで、法律や経済の知識に基づいて構想されたこれら二つの小説の中で、これらの知識に習熟し、実行に移すのは、誰であろうか。それは、『嵐が丘』ではヒースクリフ、『ワイルドフェル・ホールの住人』ではヘレンである。ヘレンはいかにも理性の勝った女性らしく、冷静に知識を実行に移している。彼女は逃亡の後、瀕死の夫の看病に戻るが、それは、世間に対する義務感ではなく、個人的な良心によるものである。[19] しかも、夫に息子を会わせる前に、親権を妻ヘレンに委任する旨、夫に同意書に署名させることを忘れてはいない。ヘレンがアーサーの看病に戻った一八二八年の時点ではこの手続きは絶対に必要なことであった。年表に記したキャロライン・ノートンの受難を見ればわかるように、一八三九年の未成年者監護法成立までは、夫と離別後の女性は子を養育することも子に会うこともできなかった。アーサーは息子とヘレンの接見を禁じることが法的に可能だったのである。もっとも、ここで注目すべきは、死にかけた夫が息子に会いたがるという同情すべき場面において、ヘレンが情に流されずに、息子と自分の幸せのために必要な法的手続きを最優先したということである。[20]

また、これ以前に、ヘレンの逃亡の最終的な契機となったガヴァネスのマイアズ嬢の登場についても、当時の法律との関係で読み解く必要がある。多くの批評家が、ヘレンはアーサーが身分の低い愛人を公然と自邸に招じ入れたことを侮辱と感じて逃亡を決行したとみなしているが、そうではない。一八八六年の未成年者後見法以前には、夫は子の母親である妻から子の養育の権利を奪って、他の好きな人物に与えることができた。ガヴァネス・愛人の登場によって脅かされたのは、息子を自分で教育するという知的な喜びだけでなく、子の成長に関与しそれを見守るという「母としての当然の権利」だったのだ。そして、この権利を守るためにヘレンはキャロライン・ノートンと同様に闘ったのである。

さて、『嵐が丘』では、ヒースクリフの他に、エドガーも治安判事として法に明るいはずだが、彼はおよそ行動的な人物とは言えない。もちろん、治安判事というのは一種の名誉職であって、たとえば、ジョージ・エリオットの『ミドルマーチ』のブルック氏を見れば、その職分をどれほど社会的に生かすかというのは、当人の気分次第だったことがわかる。ともあれ、エドガーの知識をもってすれば、娘のキャサリンに対して婚姻継承的財産設定を行うなどの法的手段によって、自分の死後少なくとも彼女の動産を保護することは可能だったはずなのに、彼がそのことに気づいた時には、すでにヒースクリフの息のかかった弁護士に、遺言状の書き換えを阻まれてしまうのである。

もっとも、『嵐が丘』の場合は、注目すべきことに、合法的に復讐を進めていくヒースクリフにしても、最終的にその目的を達することができない。それは一つには、植松が指摘するように、ヒースクリフは法律に依存した以上、ヘアトンやキャサリンの保護者、後見人としての義務から逃れられず、袋小路のような嵐が丘の家族関係に苦しめられるからである。さらに、ヒースクリフの最終目的であるキャサリンとの合一は、所有による復讐によってかえって遠ざかる。なぜなら、あの有名な告白においてキャサリンは、「ヒースクリフと結婚すると落ちぶれる」といった後で、「私がヒースクリフなの」という信念を披瀝するが、ヒースクリフは「落ちぶれる」と聞いたところで、嵐が丘を飛び出して、告白の最も重要な部分を聞き漏らしているからである。ヒースクリフの理解するキャサリンの物語は、ヒースクリフと結婚したら落ちぶれるからエドガーと結婚するという二者択一、階級と貧富の差が無惨に引き裂いた恋ということになって、これは確かにこの物語の主題の一部ではある。しかしながら、実際にはキャサリンはエドガーと結婚してもけっして断たれない、あるいは、断つことのできないヒースクリフとの結びつきを高らかに宣言しているのである。ヒースクリフが所有によってエドガーたちを見返すという復讐を続けるかぎり、このようなキャサリンとの合一は遠く、復讐をいくら続けても、復讐の完遂から満足を得ることはできないのだ。

このことを二作品の比較ということで言い替えると、『ワイルドフェル・ホールの住人』ではヒロインに客観的な目で現実を把握し、現実を変えていく力が与えられているのに対して、『嵐が丘』のヒロインやヒーローにはその力が与えられていないという重要な相違点があるということになる。『嵐が丘』においては、ヒースクリフの復讐の方法が合法的か否かは、批評家はともかくとして、[21] 作品内部の登場人物たちは、ほとんど問題にしていないし、理解もしていない。[22] これは、ヘレンが既婚女性を法的な主体とみなさない社会の中で合法的に自分の幸せを獲得するために奮闘するのとは、大きな違いである。二代目のキャサリンにせよヘアトンにせよ、自分たちの財産が奪われた法的根拠などほとんど知らないし、知ろうともしない。何しろ、使用人のネリーのほうが家政に明るいことさえ、ほのめかされているくらいである。とはいえ、ネリーも婚姻継承的財産設定を知っていた形跡はないし、イサベラに相続権があって、キャサリンの娘に相続権がないことについての発言を見ると、当時の相続制度についてきちんと理解しているとは言いがたい。さらに、ヘアトンについては、教育を受ける権利を奪われているとはいえ、自分の法的な権利を合法的に奪ったヒースクリフを慕うことが強調されていることに注目すべきであろう。ヘアトンのヒースクリフに対する愛情の動機は彼が保護者だからという法的人為的なものではなく、もっと原初的な感情なのである。ヘアトン少年のヒースクリフへの愛情は、おそらく、まず、現実逃避型の父親ヒンドリーと、ひ弱で小うるさい助任司祭を懲らしめてくれる強い兄貴に対する憧れのような形で始まったのだろうと考えることができる。そして、この憧れは、長じては、死んだキャサリンに対するヒースクリフの激しい愛惜――まるで飼い犬が主人に対して示すような頑固で忠実な愛着――に対する敬意に至ったと想像してよいだろう。ヘアトンは、ヒースクリフを非難するキャサリンに次のように教え諭す。

ヘアトンは、「君は僕にお父さんの悪口を言ってほしいか」と聞くことで、キャサリンの非難をやめさせる方法を見つけました。そして、キャサリンは、ヘアトンがご主人の評判を自分のことのように思っていること、理性が壊すことのできない強い絆でご主人に愛着を感じていることを理解したのでした。それは、習慣によって結ばれた鎖であって、それを解こうとするのは残酷なことでした。（第二巻第十九章）

このように、復讐物語というコンベンションから逸脱するヘアトンとヒースクリフの関係を描き出し得たことこそ、エミリ・ブロンテの真の偉業であるが、このことに気づいている批評家がほとんどいないことは残念である。

卑小な人間の持つ内面世界の巨大さを描くエミリ・ブロンテ

ところで、『嵐が丘』は混乱した世界の秩序を守ろうとするネリーと、秩序から常にはずれようとする一代目のキャサリンの権力闘争の場になっていると読むことも可能である。(23) その場合、物語世界の支配をめぐって、ネリーとキャサリンが争うというように、この作品を読むことができるが、この二人にしてもすべてを把握し、支配できるわけではない。『嵐が丘』においては、語り手はもちろん、主役から脇役に至るまで、事態を把握する視野の狭さを含む、人間としての愚かさや弱さを露呈している。多くの研究者が指摘するように、語りの枠組の中で物語が語られると言うよりは、オペラにたとえていえば、語りはレシタティーボであり、その合間に登場人物が、「キャサリンの告白」や「イザベラの手紙」「ヒースクリフの墓暴きの告白」という形でアリアを歌っている。語りのレシタティーボは、オペラのそれ以上に強力な支配力を持っているが、それでも、一度アリアが始まると、アリアはレシタティーボを突き抜けて、聴き手に直接、生の声のまま届くのである。そして、このアリアは、興味深いことに、人間の美しさばかりでなく、醜さや愚かさ、弱さをも、高らかに歌い上げている。

たとえば、イザベラ・リントンは、結婚制度の犠牲者という側面よりは、劣悪な環境にすぐに同化して堕落し、その性格中の最も弱い部分である「自己保存の欲求」を露呈したことが強調されている。彼女の、自分さえよければいいという性格の弱さは、息子のリントンにグロテスクな形で受け継がれている。これがドメスティック・ヴァイオレンスの加害者であるヒースクリフの視点に偏った見方だと思う人は、ネリーやジラ、ジョーゼフら使用人のイザベラについての証言に耳を傾ける必要があるだろう。また、一代目のキャサリンでさえ、誰もが共感できるようなヒロイン像からはほど遠い癇癪持ちのわがまま娘である。そして、ヒースクリフというヒーローも、『嵐が丘』が文学史の正典《キャノン》に入って以来、皮肉にもイサベラ的な片思いの読者を量産してきたにせよ、基本的にはおぞましさを持つアンチヒーローなのである。

このように、人間の卑小さに基本を置きながら、『嵐が丘』が真に描き出しているものは、その卑小な人間が抱え持つことのできる内面世界、あるいは感情容量の大きさである。そのため、キャサリンもヒースクリフも、ケネス医師が保証するほどの頑強な肉体を持ちながら、内面世界の崩壊や暴走によって、早すぎる肉体の死を迎えることとなる。読者がキャサリンやヒースクリフにひかれるのは、欠点の多い性格にもかかわらず、巨大な感情世界を内包しているためであり、ネリーやロックウッドが語り手としても登場人物としても劣っているのは、そのような感情世界の大きさに欠けるためである。キャサリンの告白は、ネリーの揶揄や迷信的恐怖をよそに、読者に哲学的な深遠さをもって響いてくるし、ヒースクリフの嘆きは、世界を揺さぶる自然の猛威にもたとえられよう。彼は、感情の化身として存在している。

「彼女が苦痛の中に目覚めますように」と彼は恐ろしい激しさで叫び、制御しがたい感情の突然の発作のあまり、足を踏み鳴らし、うめき声をあげました。「ああ、あいつは最後まで嘘つきだったな。今どこにいるんだ？　そこじゃない。天国じゃない。まだ消えてない。それならどこだ？　ああ、おまえは俺の苦しみは気にかけないと言ったな。それなら俺も一つ祈りを捧げよう。舌が強張るまで繰り返すぞ。俺が生きているかぎり、キャサリン・アーンショーが安らかに眠りませんように。おまえは俺がおまえを殺したって言ったな。それなら化けて出て来い。殺された奴は殺した奴に化けて出るもんだ。幽霊はずっと地上をさ迷い歩いてきたんだから。いつも俺といっしょにいろ。どんな姿でもいい。俺の気を狂わせてくれ。頼むから、おまえのいないこの地獄に俺を置いて行かないでくれ。おお、神よ。耐え難い。命がなければ生きられない。魂がなければ生きられない」

彼は瘤のある幹に頭をぶつけました。そして、空を見上げて吼えたのですが、人間のようではなく、ナイフと槍に突かれて死ぬ野獣のようでした。木の樹皮にはたくさんの血が飛び散っていました。彼の手も頭も血に汚れていました。おそらく今私が見た場面は、夜の間にも繰り返し行われていたのでしょう。

（第二部第二章）

欠点の多い人間がこのように深い内面世界を持っているということは、肉体を牢獄ととらえたエミリの詩の理念にもつながる主張である。ここに「この世のあらゆる生き物は気が狂っている」(24)と喝破しながら、「人間」に絶望せず

「人間」を描く小説というジャンルで傑作を残したエミリ・ブロンテの秘密がある。

アン・ブロンテとエミリ・ブロンテの現実認識の違い

ところで、エミリもアンも膨大な手紙を残したシャーロットに比べて一次資料に乏しいが、二人の手紙や、四年分の日誌を見ると、二人の現実感覚や現状に対する姿勢の違いが明らかになる。特に、二人の違いがはっきりするのは、すでに本書の第一章第一節で取り上げた、最後の日誌である。

アンは自分から進んでソープ・グリーンの職場を去った。［アンとのヨークへの一泊旅行でゴンダルごっこを楽しんだことを語り、学校経営の計画が失敗に終わったと述べてから］もう私は学校なんて要らないし、シャーロットとアンももう学校のことをそれほど言わなくなった。当面必要なお金は十分あるし、増える見込みもある。パパは目のことでこぼしているが、皆の健康状態はまずまずだ。ブランウェルという例外はあるが、今後よくなっていくと思う。私は自分に満足している。…（中略）…私はどうにもならないことに悩んだりしない。皆が私のように気楽に構えて、失望せずにいられたらいいのに。そうしたら、私たちはまあまあの暮らしができるはずだ。(25)

私はソープ・グリーンから逃れてきたばかりだ。四年前にこの日誌を書いた時もやめたいと思っていたが、もう四年いたらどんなにみじめな思いをするかあの時わかっていたらよかったのに。そこにいた間に、私は人間の本性について非常に不愉快で夢にも思わなかった幾つかのことを実感してしまった。…（中略）…ブランウェルはラデン・フットの職場をやめて、ソープ・グリーンで教師をしていたが、非常な苦難を経験して病気になった。

…（中略）…この前この日誌を書いた時、私たちは学校を作ることを考えていた。計画はつぶれ、しばらくしてまた持ち上がり、またつぶれた。生徒が来なかったのだ。シャーロットは別の計画を考えている。パリに行きたいらしいが、行かれるだろうか。…（中略）…ゴンダル人たちは惨めな状態にある。…（中略）…ゴンダルは概してあまりうまく行っているとは言えない。書き直せるだろうか。(26)

アンの日誌からはブロンテ女学校の設立に寄せた期待も、ブランウェルの解雇事件で味わった失望も大きかったが、同時に、窮状にあっても希望を失うまいという気持ちも見える。このようなポジティブな姿勢は、結核の進行を自覚した最後の手紙からも読みとれる。

また、彼女は、強い信仰心の持ち主でありながら、愛し愛されるという欲求がかなえられそうもないことに対して、神を恨む詩を作るほど現状を変えたいという欲求が強い。(27) そして『ワイルドフェル・ホールの住人』の序文では、「しかし、私が自分に社会の誤りや悪習を改良する力があると思っているなどと想像しないで下さい。私はただ、私のつまらない才能を良い目的のために喜んで使いたいと思っているだけなのです。そして、もし、私が皆様のお耳を拝借できるのならば、耳に心地よいたわごとではなく、幾つかのためになる真実をささやきたいと思います」と語っている。このように見てみると、アン・ブロンテは、小説によって、支配的なイデオロギーを批判し、社会を改革したいという思いが、三姉妹の中で一番強かったといってよいのではないだろうか。

一方、エミリは、当時流行し始めた鉄道株に投資するなど現実的な知識と実行力を持ってはいたが、シャーロットの手紙によれば誰にも口出しさせずに三姉妹の資産の運用を一手に引き受けていた。一八四六年一月三十日付のシャーロットのミス・ウラー宛ての手紙によれば、鉄道株の暴落の報に心配して手紙を書いてきたかつての恩師に対し、シャーロットは、今のところ自分たちはまだ損をしていないと答えている。[28] そして、ヨーク・アンド・ミッドランド鉄道は経営優良だが、自分としては手遅れになる前に持ち株を売りたいと思ってきたと打ち明けたあとで、しかし、妹たちを説得できないこと、とりわけ、エミリの感情を傷つけるくらいなら損をしたほうがよいとまで述べている。これでは、共同出資者にとっては、とても信頼できる投資者とは言えないし、他人の意見を受け入れずに、どの程度真剣に損失と利益を考えていたかは怪しいものである。エミリは、基本的には、足ることを知る人であった。最後の日誌にも、司祭館の主婦としての生活とゴンダル執筆ができれば、「私はもう学校なんて要らない」と書いているし、ブランウェル事件も災難とは考えていない。「私は自分に満足している」し、「私はどうにもならないことに悩んだりしない。皆が私のように気楽に構えて、失望せずにいられたらいいのに」というように、アンとは対照的であった。投資がうまくいかなくても、このタイプの人は、悩みそうにない。

エミリが当時男性的と考えられていた頭脳の持ち主だったことは、ブリュッセルでシャーロットとエミリを教えたエジェ先生の証言で有名だが、[29] もし、アン・ブロンテに留学のチャンスが与えられていたならば、エミリとは違う意味で男性的な頭脳の持ち主だという評価が得られていたかもしれない。アンは、ラテン語を学んでおり、西洋の男性的文化の受容に不可欠な基本的素養を身につけていた。[30] この教養に加えて、母の早すぎる死を伯母や姉たちの愛情で代替できたという心理的安定感が、アンの理性的な判断力を育んだのではないだろうか。

そろそろ結論に入ろう。『嵐が丘』は、ヴァージニア・ウルフの評価以来、[31]「私は」という作者の主張がないことにより、作者がシェイクスピア同様に神のごとき存在である点で優れているとみなされてきた。しかし、以上に見てきたように、『嵐が丘』にはアンの『ワイルドフェル・ホールの住人』とは異なる作者エミリの現実感覚が確かに投影されているのである。エミリは「双子」のアンと同様に、法律等の知識を駆使して現実社会に立脚した小説を書いたが、アンが現状妥協型のシャーロットよりもラディカルに社会の悪を糾弾したのに対して、エミリの小説の興味の中心は、悪の糾弾や社会の変革よりも、卑小な人間が内包する感情世界の驚くべき大きさに置かれているのである。

このように結論づけると、シャーロットとエミリとアンの三姉妹のうち、誰が一番優れているかという議論をして、個性的な三人の作家のいずれかを貶めて、正典から追い出すという批評行為は空しいものであり、個性の違いを認めた上でどちらの作家の現実の表象の方法と姿勢により強く興味を引かれるかということのほうが、より重要な問題であることが明らかになるだろう。今こそ、『ワイルドフェル・ホールの住人』は、多くの理想の読者を必要としている。

第四章　アン・ブロンテの詩——対象との距離感

さまざまな読みの可能性

アン・ブロンテの詩においては、エミリ・ブロンテと共同製作した空想物語ゴンダルが詩の外装であって、詩を読み解く手がかりの一つにすぎないように、伝記的背景も手がかりの一つにすぎないという前提から始めよう。アンの詩がゴンダルを語ったり、伝記的背景——早世した助任司祭ウィリアム・ウェイトマンへの思慕やブランウェルの不倫事件やエミリとの決別——を語っているというように読むのではなくて、詩が作者の書き手としての意識、対象との距離感をどう伝えているかを読み解いてみたい。それは小説に表れている意識と同じなのだろうか。

まず初めに検討したい詩は、「私を呼んで、行かせて下さい」(No .36) である。この詩は、アンの研究者である P・J・M・スコット(2)もエリザベス・ラングランド(3)もマリア・H・フローリー(4)も取り上げていない。(5)それは、この詩がエドワード・チタムが指摘するように(6)、ゴンダルの外装によってブランウェルのロビンソン夫人との姦通に対するアンの嘆きをうたったことが一読して誰にでもわかり、伝記資料としては面白いものの、一編の詩としてはさしたる価値が認められないからだと思われる。詩の語り手と詩に登場する男女との関係がはっきりしないところも、詩としての完成度を弱めていると、これらの研究者はおそらく考えるのであろう。それとは逆に、語り手と男女との関係がはっきりしないことをさまざまな読みの可能性というように、積極的に評価することもできないわけではない。森松健介は全集の訳注で、チタムの読みを紹介しながら、「しかし、草稿のままに読めば、語り手と恋人たちとの関係がさまざまに想像される余地も残している」と指摘している。(7) ここでは、そのさまざまな読みを実際に行ってみて、そこから書き手のどのような特性が見いだされるかを探ることにしたい。

私を呼んで、行かせて下さい
ここには私がとどまるように説き伏せるものは何もないのだから
そうしてこの憂鬱な眺めを捨てて
急いではるかかなたへ行かせて下さい

私たちの愛した国へ私は逃げるつもりです
私たちの思索と魂の国へ
あなたとともにあんなに何度もさまよい歩いた国
世間の支配の届かぬところへ

(No. 36–ll. 1–8)

この詩は、双方の親戚から許されない恋に落ちている男女の密会の場面を、語り手が目撃して、二人の言葉と様子を伝えるとともに、自らの嘆きをも伝えるという構造を持っている。「さあ聞け！　私にはこの女の声が聞こえる」(No. 36–l. 57) という言葉から、語り手は過去に見たことを語っているのではなく、今見たままを報告しているのであり、緊迫した時間設定がなされていることがわかる。詩の展開のしかたは、順番に、語り手の嘆き (第一連〜第二連)、欧州赤松の林と月と男の描写（第三連〜第八、九連）、男の独白（第九連〜第十二連）、貴婦人の登場（第十三連）、貴婦人の男への呼びかけ（第十四連〜第十五連）、引用符なしの話者不明の言葉（第十六、十七連）というようになっている。

本来物語の中心となるべき密会する男女の様子を伝えるには、引用した第一連と第二連は必ずしも必要ではないだろう。しかも、この第一連と第二連で、まず語り手の嘆きが、語り手の正体を明かさず、しかも、嘆きの性質を明らかにしないままに、読者の前に放り出されるように置かれていることが、この詩を通常の物語詩とは異なるものにしている。もっとも、アン・ブロンテの場合、何を嘆いているかが伏せられているということは珍しいことではない。絶筆[8]（No. 59）でさえ、スコットが丁寧に分析しているように[9]、それが絶筆であることを知らずに、語順に従って読む限り、語り手が嘆いているのは、失恋か死別の悲しみか何であるのかは、最後近くになるまでわからないのである。

第二連から、語り手と男の関係は共有する思い出をもつ親しい間柄であることがわかる。これは、「おお神よ！もしこれが本当に全てなら」[10]（No. 39）や「自己省察」[11]（No. 57）などの詩においてたびたび称揚され、また、失われたことが嘆かれる「身内の愛」[12]の関係であると解釈することができるだろう。

この詩の語り手と、密会の男女との関係を、ゴンダルという外装やアンの伝記、アンの小説を手がかりにして考えてみると、語り手と恋する男女の関係と語り手の性別について、次の三通りの関係が考えられる。

(1)　語り手は、男と子供時代の思い出を共有する兄弟または姉妹。

これは、語り手と男女の関係の原型であろうアン、ブランウェル、ロビンソン夫人の関係から類推したものである。詩を読むかぎりでは語り手の性別は特定できない。三人の関係は三角関係ではないが、恋する男の兄弟（または姉妹）は兄（または弟）の不倫を見て、想像の上で不倫の感情を追体験する。語り手は恋など知らなかった子供時代に戻ろう、戻りたいと念願している。

(2) 語り手は、男の妻であり、女の友人でもある。三人の関係は三角関係。語り手は三角関係を知る前の、幸せな新婚時代に戻りたいと念願している。

これは、『ワイルドフェル・ホールの住人』のヘレン、アーサー、アナベラの関係から類推したものである。『ワイルドフェル・ホールの住人』には、月夜の晩に林の中でヘレンが夫とアナベラの蜜語を偶然立ち聞きして、夫の長年の姦通をはじめて知るという場面がある。

(3) 語り手は、女の夫であり、男の友人。三人の関係は三角関係である。語り手は(2)と同じく、三角関係を知る前の、幸せな新婚時代に戻りたいと念願している。

『ワイルドフェル・ホールの住人』のロウバラ卿、アーサー、アナベラの関係がこれにあたる。ロウバラ卿が妻のアナベラと友人アーサーの密会を立ち聞きする具体的な場面は小説には出てこないが、小説ではロウバラ卿はヘレンよりも激しく嫉妬の情をあらわにしている。

さて、この詩を読む上でもう一つ問題となるのは、最後の二連である。この二連にはアンの原稿では引用符がついていないため、話者を特定するのが難しい。話者によって「このような悲しむべき汚点」(l. 77) の内容が変わってくることになる。議論をする便宜上、話者の主語に、男性を示す「ぼく」のあとに、女性を示す「私」を括弧書きで添えて日本語訳を試みてみよう。

忘れなさいですって? そのとおりです。あなたがそばにいる間は
ぼく(私)はあなたのこと以外何も考えはしません

あなたがそばにいないときだけ
記憶がぼく(私)を苦しめるのです

でも、こんなにも気高く優れた魂と
こんなにも素晴らしい心が
こんなにも壮麗な姿のなかに祀られているのを見、
その上あなたをぼく(私)のものと呼ぶなんて、
このような悲しむべき汚点さえなければ
これはこの地上ではあまりにも大きな幸せ
それならどうして　ぼく(私)は嘆くことがありましょうか?

(No. 36–ll. 69–79)

この話者の特定については、次の二通りのパターンが考えられるだろう。

(a)　シェイクスピア・ヘッド版および森松訳のように、最後の二連は、アンがうっかり引用符を付け忘れたとみなして、男のせりふであると考える。女の「あなたはお願いだから憂鬱な過去を忘れて／わたしは恐ろしい未来を忘れますから」(ll. 67–68)に男がうなずいて、「おっしゃるとおりに、今は過去も未来も忘れて現在の愛に生きましょう」と、喜び伝える。この場合、愛し合う二人の幸福の「悲しむべき汚点」とは、二人の愛に対する親戚の反対ということになる。この場合、語り手は、前にあげた(1)から(3)のうちどれでもよい。

(b)　最後の二連は、最初の第一連第二連と同じく、語り手の独白とみなす。女の「わたしは　恐怖の未来を忘れますから」を立ち聞きした語り手が、女の言葉を逆手に取って、自分自身の主張を行う。すなわち、語り手は、不倫の現場を押さえながら、裏切った伴侶に対するやみがたい愛を、「この私（ぼく）だってこの男への（または、あなたへの）愛を忘れない」と一人つぶやく。この場合、語り手は、先ほどの議論の(2)と(3)のどちらかであり、「悲しむべき汚点」は、男（または女）の裏切りということになる。こう読むと、この詩は語り手の独白という枠組で、一組の男女の密会という言説を囲い込むという構造をとっていることになり、『ワイルドフェル・ホールの住人』のヘレンが密会を目撃した場面と同じ構造になる。

以上のように、この詩に登場する語り手と恋人たちの三人の人物の間には、さまざまな関係の可能性があることがわかったが、ここでより重要なのは、語り手と恋人たちの関係が今示したもののうちのどれであれ、語り手が目撃者であると同時に、当事者であるということである。特に、最後の二連を語り手の独白と見る読み方をした場合、最後の二連の初めの「忘れなさいですって？　そのとおりです」（l. 69）という言葉は、自分と利益の対立する感情によりそいながら反発を表明していることに注目したい。語り手は愛し合う不倫の男女に理解を示すと同時に、当事者として利害関係があるために、反発も感じているという複雑な立場にいるのである。

客観的中立性を装う語り手

語り手が目撃者であると同時に当事者でもあるという構図は、「離別Ⅱ」[13]（No. 7）にも見られる。これは、「離別Ⅰ」[14]（No. 6）の翌日書かれた詩で、ⅡはⅠの三年後の物語ということになっている。しかし、「離別Ⅰ」の語り手が、同じような別れと再会の約束の物語を語る「アレクサンダーとゼノビア」[15]（No. 2）の語り手のように、物語の現場にいて物語を目撃しながら、登場人物に対して中立であるのに対して、「離別Ⅱ」の語り手ははじめは中立であるように見えるが、最後に物語内の葛藤に深く関わっていることが明らかになる。

詩の進み方からすると、まず、客観的中立性を装う語り手によって、殿の帰りを待つ奥方の嘆きの物語が語られ、それに続いて、奥方を慰める語り手の言葉がある。「エライザ」と奥方を名前で呼ぶところから、語り手は、奥方のお相手とも近親者とも友人とも受け取れる。

最後の節でも、語り手は、正体を明らかにせず、奥方との関係もはっきりさせないまま、今まで隠してきた自分自身の感情を披瀝する。

私がこのように言ったのは、
胸が張り裂けるように感じたからです、
奥方がアルゼルノのために
このようにゆっくりとやつれはてていくのを見て。
でもそれ以上のことは言えませんでした、
その間ずっと私は、彼がいつどうやって死んだかを
よくよく知っていたのだけれど。
なぜなら彼が最後の息を引き取るときに
彼の頭は私のひざを枕にしていたからです、
そして彼の黒い瞳は
胸が張り裂けるような苦しげなまなざしで

私を見ることができなくなるまで
私のほうに向けられていました
ああ！　死にゆくひとのあの表情は
忘れることができません

(No. 7–ll. 49–62)

語り手の「胸が張り裂けるように感じた」(ll. 49–50) 理由は、語順に従って読む限り、最後から二番目の節の終わりに「ただひとつ死だけしか／あの方のご帰還をはばめなかったはずですから」(ll. 47–48) という言葉で暗示されているように、語り手が殿の死という秘密を自分だけの胸にしまっているからと受け取れる。しかし、最後の二行の詠嘆で、それだけではなく、死を看取った語り手と殿の関係が秘密の恋愛関係にあったからだということが暗示される。そして、アレクサンドリーナ・ゼノビアという最後の署名を見て、語り手が主役というよりは脇役にふさわしいような気持ちの隠し方をすることに、読者は驚かされる。

これまでの議論で、物語の登場人物に対して中立な語り手という言い方をしたが、この詩を読むかぎり、語り手は登場人物に対して中立であるべきだという強迫観念をもっているようだ。そして登場人物もまた、語り手を中立だと思って信頼している。そのような相互関係が成立する場で、登場人物に対して中立に振る舞おうとする語り手の悲しみ、秘められた思いが、はっきりとはわからないような形で描かれている。それは、アンの書いたものにたびたび現れる、語らず、描写しない語り手の変奏と見ることができよう。たとえば、『アグネス・グレイ』では胸の内にしまったウェストンへの思いはほとんど語られない。『ワイルドフェル・ホールの住人』ではギルバートに渡されたヘレンの日記は肝心のギルバートへの思いを語らない。詩においても、「断片」[16] (No. 9) では恋に苦しんでいることを周囲の目から完全に隠し、「夜」[17]（No. 37）では心に思う「ある人の声」を語らない。「ブルーベル」[18]（No. 10）では、「静かな雄弁」（l. 5）「言葉が言い表せない至福」（l. 8）が称揚されている。

中立を装うこと、中立であるべきだという強迫観念をもつことは、多分に理性の働きによると見ることができよう。理性は、「自己省察」では、「理性はかたわらに良心を伴い／苦役と真実から力を結集し／青年時代の耳にここちよい諸衝動よりも／はるかに信頼できる案内人だとわかるだろう」（ll. 149-152）というように支持され、「断片」（No. 9）でも祝福されているものである。チタムが指摘するように、アンは、「ブロンテ姉妹中、最も知的で論理的」であり[19]、二人の姉のロマン派的傾向とははっきり袂を分かっている。アンのロマン派的な詩は、ゴンダル詩を除けば、すでに本書の第一章第二節で詳しく論じた「風の強い日森で書いた詩行」[20]（No. 21）があるぐらいである。想像力を思うままにはたらかせて、現実にいる場所からは見えない海の波が荒れ狂うさまを描いた、この詩の躍動感あふれる韻律は、アンが二人の姉とは違ってロマン派的なインスピレーションに恵まれなかったのではなく、アンもその気になればロマン派になれたが、彼女の書き手としての意識は別の方向に向かったということを示している。

自分の内部の悪との格闘

語り手が目撃者であると同時に当事者でもあるという構図をとっている詩をもう少し見ていくことにしよう。「おお神よ！　これがもし本当にすべてなら」（No. 39）においても、「悪徳と罪を見て嘆いても／鎮める力がない」（l. 17）語り手は目撃者であると同時に当事者である。この詩においても、フローリーが読むとおり、「話者は他者と格闘すると同時に、自分自身の胸の内からの諸衝動とも格闘している」[21]。第三連から引用する。

悪徳と罪を見て嘆いても、
わが身のうちの静かな流れも
わが身の外の水かさを増す奔流も
鎮める力がなく

私が他人に分け与えたいあらゆる善も
分かち合いたいあらゆる感情も
すべて私の心に押し返されて
そこでニガヨモギに変えられる

(No. 39–ll. 17–24)

第三連の「わが身のうちの静かな流れ」が何なのかは、明らかではない。それと、「わが身の外の水かさを増す奔流」は対立するものなのだろうか。「外の奔流」は書き手が見ている「悪徳と罪」であろうか。「悪徳と罪」に対して、それを見て嘆くしかない「私」がいる。しかし、その「悪徳と罪」に対して、「私」が完全に縁無き傍観者であるかといえばそうではなく、胸にしまった思いは、外部の奔流にのみこまれかねない状況にある。胸の内の流れは、悪徳と罪に対する非難である一方で、悪徳と罪の美しさに見とれているという禁断の思いであるかもしれない。この詩でも他の詩でも見られるような、愛する気持ちが人一倍強いのに、誰からも愛されない運命を割り当てられたことに対する恨みが訴えられていることと、ブランウェルの姦通の目撃という伝記的な手がかりを考えれば、たとえ姦通であれ、愛し愛される関係に一時の至福を味わっている人々をうらやむ気持ちと読むこともできる。同じような状態は、

「自己省察」の「祝福できない場で泣きながらそんなに激しい苦悩を体験したおまえ」（No. 57-ll. 153-154）という言葉にも見られ、本来の自分が是認できないものに対してさえ、理解を示し、同情もし、羨望も感じる語り手は、激しい苦悩にさらされている。

第四連の「私が他人に分け与えたいあらゆる善」「分かち合いたいあらゆる感情」（ll. 21-22）は、『ワイルドフェル・ホールの住人』第二版の序文で「世間の人びとに耳を傾けてもらえるなら、わずかばかりの有益な真実を話したい」と述べているように、アンにとって創作活動をするための原動力であろう。ここでは、それが実現されない苦しみを訴えることに重点が置かれているが、このような絶望した状況にない時には、語り手は、「愛に満ちた心が　心に食い入るどんな悩みを堪え忍ぶ定めにあるかを感じてきたおまえ」（「自己省察」）（No. 57-ll. 157-158）であって、自分の胸一つにしまった悲しみを耐えるという孤独を通り抜けて、万人への愛に達したいと願う気持ちをもっている。それは、ゲッセマネの園のキリストに通じるような思いであり、万人救済説を信奉するアンにとって、おそらく理想的な気持ちの持ち方であろう。

以上に見てきたような、語り手が目撃者であり当事者でもあって、自分とは異なる考えや行動に対して、理解を示すと同時に反発を示すという構図は、相対する思いのどちらの気持ちも思いやれる姿勢や、立場の逆転の可能性という形で表れることもある。それを示す詩として、「うた」[22]（九月三日付および四日付）（No. 43およびNo. 44）と「私の心が望みなき憂鬱に沈むとき」[23]（No. 42）があげられる。「うた」（No. 43）においては、「だが最近までわれわれが敵に追われていた場所で／その敵が今ではわれわれに追われている」（ll. 6-7）というように勝者と敗者の逆転が起こったところで、語り手は、「だが私はむしろ追われる野兎でありたい」（l. 15）「狩人の猟犬であるよりは！」（l. 21）というように、放浪の反乱者の生活をなつかしむ。「うた」（No. 44）でも、語り手は圧制者を打倒した勝利を素直に喜べず、

「おお、さまよう無法者の生活をもう一度！」（1. 36）と願って、やっと手に入れた幸福にも満足できない人間の複雑な心境がうたわれている。

それぞれの立場の尊重

「私の心が望みなき憂鬱に沈むとき」は、「青春」と「経験」と「希望」の対話の形をとっているが、詩集（一八四六）出版時の「いくつかの人生観」という題からわかるように、一つの人生観を是とするのではなく、いくつかの人生観があることを認めてそれぞれの立場を尊重する姿勢を示している。その点で、いろいろな価値観を次々に切り捨てていって、信仰を何よりのものとする結論を出す「三人の案内者」[24]（No. 56）よりも、現代人にとっては、優れて味わい深い詩となっている。

「私の心が望みなき憂鬱に沈むとき」は、直線的に進まず、変化に富んだ進み方をする詩である。それはまさに、同じ詩の中で青春の見せかけの輝きのたとえとして描写される日没の空の色の変化のように、複雑な進み方である。このような光の美しいグラデーションを描くことは、「自己省察」[25]では自らの人生にたとえて朝の空の色の変化を克明に描き、「たとえ太陽が私の空からいなくなったとしても」（No. 33）では詩全体を使って日光と月光、星、流れ星、さらに天啓ともいうべき光を次々に描写しているように、「鋭い視力」（1. 33）をもつ書き手であるアンの得意とするところである。

「私の心が望みなき憂鬱に沈むとき」においても、最終的に軍配があげられるのは「経験」であり信仰であるが、だからといって、「労苦や悲しみを軽くしてくれる〈希望〉」を貶めるわけではない。

地上はわれわれの安息の地ではなく
地上の喜びは空虚だと、せいぜいよくて儚いと青春に告げなさい
そして空の彼方を指し示しなさい
この地上のわれわれにも微かな光は届くかもしれない
そして希望は険しい道を楽しくしてくれるかもしれない
だから希望には去れと命ずるな

(No. 42-ll. 125-130)

「地上の喜びは空虚だ」といってから、「せいぜいよくて儚い」と表現を弱め、地上の喜びを完全には否定していない。しかも、希望が実現されないのは希望のせいではなく、苛酷な時のせいであり、「希望自体は　我々の労苦や悲しみのすべてに／光明を投げかけてくれる」(ll. 137-138) として、希望の価値を認めている。

詩の結論部は以下のようになっている。

あの恐ろしい川
巡礼の苦しみの中でおそらくもっとも恐ろしいあの川が
旅を終えたあと私たちの前に流れているが
怯んではならない
それが最後なのだから!

その川は氷のように冷たく、暗く、深いけれど
その向こうには至福に満ちた岸辺が微笑んでいる
誰も苦しまず、誰も嘆くことなく
永遠に至福が支配するところ

(No. 42-ll. 163-170)

「それが最後」、「川の向こうには至福」とはいえ、川が「氷のように冷たく、暗く、深い」という印象は、天国の至福よりも強く読み手の心に残って、至福が約束されていても、やはり「もっとも恐ろしい」のは死であることに変わりはない。このように、この詩の結論部では、永世を信じながら、死を恐れるという実に人間らしい気持ちに対する理解も残している。このような姿勢は、『ワイルドフェル・ホールの住人』においては、万人救済を信じるヘレンと、死に臨んでも祈ることができず、ただ来世での業罰を怖れるアーサーという形で表れているし、また、「来世でお会いしましょう」と言いながら心の中ではこの世でギルバートと結ばれることを彼と同様に願っているヘレンという形でも表れている。

以上のように、語り手が相対する感情や価値観に対する反発と思いやりを理性的に処理して詩にしていくという書き方は、書き手であるアン・ブロンテの対象に対する独特な距離の取り方を示している。これは、『ワイルドフェル・ホールの住人』の読解の際に指摘した、世間の認める道徳や秩序に対するアンの独特な距離の取り方と共通するものである。世間一般の道徳や秩序に対して敬意を払うけれども、そこからはみ出るものにも価値を認めるというアンの姿勢が、小説だけでなく、詩にも表れているのである。

中岡洋が指摘するように、ブロンテ姉妹の詩はみな小説家が書いた詩である。[26] しかし、この三人は血のつながった

姉妹であっても、全く異なる資質を持つ小説家であった。アンの詩には、三人姉妹の中で最も多様な作品を書く可能性を持つ小説家としての広い視野を見ることができるのである。それは、ストーリーテラーではあるが、語り手の主観的な物の見方にあくまでも固執するシャーロット、社会を描くよりは人間感情のダイナミズムを描く詩人であったエミリとは異なる、一つの驚嘆すべき個性なのである。(27)

第五章　アン・ブロンテの手紙

アン・ブロンテの書いた手紙のうち現存するものは、わずかに五通しかない。日付の古い順にあげてみると、(1)エレン・ナッシー宛の近況報告(一八四七年十月四日付)、(2)エレン宛の近況報告(一八四八年一月二十六日付)、(3)ブランウェルの死に打撃を受けたシャーロットに代わって出版社のW・S・ウィリアムズに手紙の礼を述べたもの(一八四八年九月二十九日付)、(4)デイヴィッド・トム師に万人救済説について尋ねた手紙に対して丁寧な返事をもらったことを感謝する手紙(一八四八年十二月三十日付)、(5)エレンに転地療養の同行を乞う手紙(一八四九年四月五日付)である。わずか五通とはいえ、この手紙の数は、事務的な手紙が二通しか残っていないエミリよりははるかに多い。ここではまず、エレンに宛てたアンの三通の手紙を読み直すことで、この作家の人柄および事物のとらえ方と表現方法に迫ってみたい。それから、次に、デイヴィッド・トム師宛の礼状を読むことで、アンの「万人救済説」信奉と作品の関係に迫ってみたい。

(1)　エレン・ナッシー宛の手紙

シャーロットの親友であるエレンとアンの文通は、孤独な妹を気遣う姉の配慮がきっかけとなって始まったのではないかと思われる。これまでに見てきたように、シャーロットは早死にしたアンの代弁者というよりは、アンの作品の公平な評価を行う上での障害とみなしたほうがよさそうである。したがって、アンを正当に評価するためには、シャーロットの介在しない手紙を取り上げて分析したほうが、できれば望ましい。シャーロットが介在しない文通相手として考えられるのは、アンの生徒であったロビンソン家の令嬢たちがいる。彼女たちがガヴァネスであるアンを慕い、信頼していたことは、アンの辞職後にハワースを訪れた令嬢たちを目撃したシャーロットの証言に見ることができる。

一週間くらい前にロビンソン家の人たちがここに来ました。魅力的で流行の格好をしたお嬢さんたちです。アンに会えて大喜びしているようでした。私が部屋に入っていくと、彼女たちは二人の子どもみたいにアンにしがみついていました。アンはおとなしく、されるがままになっていました。彼女たちの態度は大げさというより、軽率と有頂天を示していました。クラパム氏が将来や施設や縁故などについて嘘を言って騙したと言っていました。この二人のお嬢さんが将来特に幸せになるとは思えません。二人ともどこへ行っても敬意を払ってもらえるような能力に欠けているのではないかと思います。(1)

シャーロットの描写は辛辣であるが、彼女がガヴァネス時代に生徒とこれほどまでに良好な関係を結べなかったことを考えると、この手紙には妹に対する多少の嫉妬が含まれているようにも思われる。アンの受動的態度と令嬢たちの軽率さを文字通り受け取るにしても、元のガヴァネスをハワースまでわざわざ訪ねてきて抱きつくというような関係は、ありきたりのものではなかっただろう。

このような関係を見れば、ブランウェル事件がこの師弟関係を唐突に終わらせたあとも、アンと令嬢たちの間には頻繁に文通が行われていたことが想像できる。(2) しかし、残念ながら、これらの手紙は一通も見つかっておらず、これから先もおそらく見つかることはないだろう。したがって、私たちはエレン宛の手紙にシャーロットの強い影響力が働いていることを承知した上で、その手紙を読むことで満足しなければならないということになる。ともあれ、同じ人物に宛てた複数の手紙を読むことは、書き手の感情の持ち方や考え方を知るのに多少は役立つのではないだろうか。まずは、一八四七年十月四日付の手紙を読んでみよう。

親愛なるナッシーさま。思いがけない嬉しいお便りありがとうございます。シャーロットは元気で、あなたにお手紙を書こうと思っています。ありがたいことに、東風はもう私たちを苦しめてはいません。東風が吹いている間、シャーロットはいつものようにこの風の悪影響に文句を言っていました。私もいつものように多少被害を受けましたが、今回は私が一番恐れている風邪の症状にも咳にも苦しまずにすみました。エミリはこの風を「退屈でつまらない風」と思っていますが、彼女の神経には何の影響もありません。…（中略）…私たちはあなたがお帰りになった時のままです。ニコルズさんのこと以外はお知らせするニュースはありません。彼は休暇を取って、三、四週間前にアイルランドに帰りました。土曜日まで戻りません。でもこれだって全然ニュースとはいえません。私たちはみんな、あなたが適切に選んで下さったご親切な贈りものを喜び、感謝しています。上はパパから下はタビーに至るまで。下は私に至るまで、といったほうがいいでしょうね。「咳に効くという」クラブチーズは素晴らしく、とても役に立ちそうですが、それが私に必要にならないようにするつもりです。この手紙をこんなに小さな紙に書いているのはわざとではなく、やむをえずです。他に手元にちょうどいい紙がなかったので。でも、おそらくあなたが読みたいと思い、私が書きたいと思うくらいの中身は入るでしょう。というのは、あなたのタビーちゃんは感じのいい人に決まっているということより他に書くことが何もないからです。結婚騒ぎにあなたが感染する時に、それが何かのためになり、あとで後悔するようなことがなければよいのですが、以上終わりです。シャーロットがもうあなたに手紙を書いているか、これから書こうとするかしていますから、シャーロットからの伝言を伝える必要はありませんね。それでは私から愛をこめて。「少佐」からもよろしくとのことです。あなたの親愛なる友

アン・ブロンテより(3)

エレンに宛てた比較的初期の手紙である。自分の友人というより姉の親友であるためか、少し堅苦しい物言いと、思いつくままに内容を並べた気楽さが奇妙に入り交じっている。

ここにはブランウェルをのぞくブロンテ家の人々全員が登場している。ニュースにもならない「ニコルズさん」とは、弟妹の死後、父の反対を押し切って、シャーロットが結婚することになる助任司祭アーサー・ベル・ニコルズであり、この男に対するアンの評価が伺える。最後に出てくる「少佐」というのはエミリのことで、この命名はしつこい男性(たとえば助任司祭でアンの片思いの相手とも言われるウィリアム・ウェイトマン)のちょっかいからエミリがシャーロットやアンやエレンを守ったエピソードに由来している。(4)

アンは幼時より喘息に悩んでいたため、低気圧の接近を知らせる風向きの変化には敏感に反応していたと推測できる。それに対して、エミリは、姉妹のうちもっとも背が高く、強健な身体をもち、『嵐が丘』や詩から想像できるように、ハワースの気候の変化に左右されることはなかったようだ。彼女にとって問題なのは、むしろ、この住み慣れた土地から引き離されることであった。ブロンテというと、ヨークシャーという地域性がまず問題にされるが、同じ

姉妹でも、たとえば東風の受け止め方がこのように違ったということは、三姉妹の作品を読み味わうときに気に留めておくべきことではないだろうか。

ところで、この時期にブロンテ家にニュースがないというのは実はとんでもない大嘘である。というのは、この十二日後の十月十六日には、シャーロットの『ジェイン・エア』が出版されているし、『嵐が丘』と『アグネス・グレイ』の原稿はこれより三か月前の七月にすでに出版社の手に渡っており、出版を待つばかりであった。[5] 姉妹は長い間、文筆活動をエレンに隠していたのである。

「特に言うべきことがなければ」書かない作家

次に一八四八年一月二十六日付の手紙を読んでみよう。


親愛なるナッシーさま。「すてきな長ーいお手紙」をさしあげるつもりはありません。それどころか、シャーロットの手紙に短い走り書きを包みこむことで満足するつもりです。シャーロットの手紙のほうが私のなんかよりずっとあなたに喜んでもらえるでしょうから。もっとも、あなたの私への優しいご配慮や、私の手紙の後ろ盾になるもっと好ましい連れがいなくても、私の手紙をあたたかく歓迎して下さることを疑ってはおりませんが、私の言語を操る器官の嘆かわしい欠陥を、理解していただきたいのです。私は、特に言うべきことがなければ、話すことばかりでなく、書くことも同じくらい下手なのです。…（中略）…

最近のひどいお天気をあなたがどうやってやり過ごしたのかおっしゃらないで下さい。私たちはこのひどい東風のせいで、ひどい目にあいました。わが家の大部分は、というのはシャーロットとエミリと私のことですけれども、インフルエンザもしくはひどい風邪を、数週間の間に二度もひいてしまいました。パパは一度ですみましたし、タビーは今のところ免れています。お話するようなニュースはありません。私たちは、あなたがここにいらしたあと、どこにも行かず、誰にも会わず、お話しするようなことは何もしていません。でも、私たちは一日を無為に過ごさないようにしています。フロッシー［アンの愛犬。エミリの描いた絵が残っている。］は前より太りましたが、羊狩りができるくらい元気です。あなたとご家族の方が私たちのようにお風邪など召されていなければいいのですが。皆さまにどうぞよろしくお伝え下さい。

いつもあなたの親愛なるアン・ブロンテより。(6)

ここでも、最初の手紙と同じように、東風の被害と、ニュースがないことが書かれており、三姉妹の作家生活の始まりは、依然としてエレンには伏せられたままである。実際には、前年十二月に『嵐が丘』と『アグネス・グレイ』が出版されているし、『ジェイン・エア』も再版されている。さらに同年六月に出版されることになる『ワイルドフェル・ホールの住人』はこの時点ですでに脱稿して出版社に送られているはずである。

「特に言うべきことがなければ、話すことばかりでなく、書くことも同じくらい下手」というのは謙遜としても、アンの二つの小説がどちらも、読者を教育しようという十八世紀的な目的意識をもって書かれたことを考えると、興味深い発言である。アンは「言うべきこと」があるから書くというタイプの小説家であった。

自らの死を見つめて

最後に、一八四九年の四月五日付の手紙を読んでみよう。エミリの死後、エミリからうつった結核の病状が進んだアンは、ロビンソン家の人々とかつて訪れたスカーバラ海岸での療養を望んだが、シャーロットは妹が故郷から遠く離れた土地で死ぬことと、付き添う自分が一人ぼっちになることを怖れていた。そこでアンは、シャーロットだけではなく、エレン・ナッシーに転地療養の同行を依頼することにした。以下がその手紙である。

親愛なるナッシーさま。ご親切なお便りありがとうございます。私の願いにいつでも喜んで応じて下さるとのこと、少なくともそのお気持ちがあることに感謝しております。でも、あなたが今の状態で私に同行する責任を引き受けることに、ご家族が反対されるのも理解できます。もっともこの件に関して、大きな責任など何もありません。あなたは誰よりも確実に親切で助けになって下さるでしょうし、私はあまりご迷惑をおかけしないと思います。看護婦ではなく、友人として同行していただきたいのです。さもなければ、同行をお願いすることなどいたしません。ブルックロイドのお宅への度重なるお招きにつきましては、お母さまとお姉さま方に心より感謝しておりますが、今のような状態で皆様にご迷惑をおかけすることを考えることはできませんとお伝えください。重荷をこんなにも軽くして下さって感謝しておりますが、多少なりとも重荷であることには違いありませんし、病気で黙り込んだ他人と一緒にいるのは少しも楽しくないことでしょう。

しかし、結局、シャーロットがどうにかして私についてくることができるのではないかと思います。というのは、姉は身体がとても弱っており、健康を取り戻すために転地する必要が大いにありますから。あなたがお客様に失望していないのなら、五月の末以前にあなたが私に同行するのは問題外のようですが、天気がよくて早く出発することができるなら、それまで待つ気にはなりません。五月は病人にとって大変な季節だとおっしゃいますし、皆さんそのようにお考えのようです。確かに前半は寒い日が多いですが、私の経験によれば後半のキングサリやライラックが咲く頃はあたたかく天気のいい日があります。それに対して、六月は寒い日が多く、七月は一般的に雨が多いです。

でも、出発を遅らせたくないのは、もっと重大な理由があるのです。お医者さま方は、転地療養すなわち季候のよいところへの移動が適当な時期になされれば、結核の場合、効果がないことはないとおっしゃいます。うまくいかないことが多いのは手遅れになるまで転地療養をしないからなのです。私はこうした誤りを犯したくありません。実を言えば、私は今、あなたがこちらにいらした時よりも痛みも熱もないものの、確実に弱り、やせました。咳にまだかなり苦しんでいますが、特に夜はひどく、悪いことに、階段を上ったり少し動くだけで、とても息が切れます。こうした状態を考えると、むだにする時間はもうないと思います。

私は死を怖れてはいません。やむをえないとわかれば、静かに神に身を委ねられるでしょう。親愛なるナッシーさま、どうぞできるだけシャーロットの話し相手になってあげて下さい。そして、私の代わりにシャーロットの妹になって下さい。でも、できることなら、神が私をお召しになりませんようにと祈っております。それは、パパとシャーロットのためというだけではありません。私はこの世を去る前に少しばかりのよいことをしたいのです。私には将来の計画がたくさんあります。つまらない、限りのあることではあっても、それらすべてが無に終わるとは思いたくありませんし、私の一生がこんなわずかな目的のための一生だったとは思いたくないのです。でも、神の御心のままになるでしょう。お母様とお姉さま方によろしくお伝えください。

愛をこめて

アン・ブロンテ(7)

親愛なるナッシー様へ

ここには、シャーロットの絶叫調とは対照的な静謐な文体がある。アン・ブロンテの信仰、すなわち、神の大いなる力への絶対的な信頼がこのような落ち着いた心境を作り出したことはまちがいないが、信仰ということを別にしても、けっして取り乱さず、物事を落ち着いてとらえるというのは、この作家の優れた資質の一つであることがわかる。また、自分の苦しみよりも他者への思いやりを優先する人柄が如実に表れている手紙でもある。

　アンの迫り来る死に対する姿勢は、死の間際まで断固として医療を拒否したエミリとも異なっている。興味深いことに、転地療養の時期の検討やその効用を論ずるあたりは、彼女自身が病人であることを読者に忘れさせてしまう。アンは『ワイルドフェル・ホールの住人』の中で、痛みが軽くなったと喜ぶ夫に、「死が近づいて感覚が鈍くなったのよ」とこたえる妻を描いたが、彼女は自らに近づく死をも、同じような冷静さで客観的に見据えようとしている。ヴァージニア・ウルフは、「私自身の死は私がけっして描写できないものだ」とヴィタ・サックヴィルウェストに残念そうに語ったが[8]、アンもそれと同じように感じていたのではないだろうか。ヴァージニア・ウルフは狂気の発作の寸前まで、完璧なまでの理論家であって、身体を休める必要はないと理詰めで言い張ったことでも知られているが、アン・ブロンテもそれに匹敵するほどの緻密な論理に長けた人であった。

　結び近くの「将来の計画」とは何だろうか。研究者の中には、アンは姉妹の中で最も多様な小説を書く可能性をもっていたと考える人もおり[9]、三作目の小説を準備していたと考えてもいいかもしれない。アンは、ロビンソン嬢の結婚問題について手紙で相談を受けたようであり、それは、『アグネス・グレイ』ではロザリー・マリの結婚、『ワイルドフェル・ホールの住人』では、ヘレン、アナベラ、ミリセント、エスターの結婚という形で表現され考察されているが、その後もロビンソン家の令嬢たちとの交流は続いており、アンには若い女性の結婚問題を含めて他にも書くべきことがまだたくさんあったに違いない。しかし、そのような想像をしてもむなしい。この後、アンは五月二十四日にスカーバラ海岸へ行き、二十八日に姉とエレンに見守られて、二十九歳の短い生涯を閉じている。

弟妹をあいついで失ったシャーロットへの同情を禁じ得ないが、三姉妹の仕事を公平に評価するためには、これまで繰り返してきたように、シャーロットが描き出したエミリとアンを、シャーロットの美化や歪曲から救い出すことがぜひとも必要である。エミリについては、その作業はもう完成している。一方、アンについてはその作業は始まったばかりである。シャーロットはアンを繰り返し、忍耐と沈黙というヴィクトリア朝の価値観に合致した理想の女性像として描き出した。そして、そのことは、ヴィクトリア朝の価値観の中では評価が難しかったエミリの評価が二十世紀に入って高まった時に、逆に、アンの評価を必要以上に下げることになってしまった。しかし、今、私たちがシャーロットの解説なしにアンの小説を読んだ時に発見するのは、忍耐と沈黙という美点を確かに持ちながらも、逆境に遭って、なすすべもなく堪え忍ぶ無力な女性ではなく、物事を冷静に分析し、論理的に考察した上で、自らの運命を切り開く気力と実行力をもった女性の姿である。

書き残せなかった言葉たち

最後に、残された数少ない手紙を補う上で、アンが近親者に口頭で伝えたのみで、自分では文学テクストとして書き残せなかった言葉のうち、エレン・ナッシーの証言から、とりわけ三つを紹介しておきたい。[(10)] 一つは、ヨーク大聖堂の壮麗なステンドグラスを見上げた時の言葉、「限りある人の力でさえこんな素晴らしい業ができるのだから、あの方の御業は……」[(11)]と絶句したことである。これは、神の大いなる力への賛美、揺るぎない信仰の証の言葉であるが、同時に、死すべき人間の一人として、自分も芸術家としてできるかぎりの仕事をして死にたいという思いが伝わってくる言葉として受けとめてもよいのではないだろうか。この言葉にも、最後の手紙に見られるのと同じ、「将来の計画」への渇望と諦念という二重構造が潜んでいる。

二つ目に紹介したいアン・ブロンテの言葉は、亡くなる二日前に、砂浜で少年がロバに引かせた馬車に乗った時、少年のロバへの手荒な扱いをたしなめたことである。自分より弱い動物への愛情は、ブロンテ姉妹に共通するものであるが、このような精神は、のちにトマス・ハーディが、『ダーバヴィル家のテス』(一八九一)の中でテスが撃たれた傷に苦しむ雉を安楽死させる場面、『日陰者ジュード』の中でジュードが罠にかかったウサギを安楽死させる場面に、遠くつながっている。ハーディは、アン・ブロンテの詩から手法ばかりでなく、テーマにおいても多くのヒントを得ているのである。[12]

三つ目は、アン・ブロンテの最期の言葉「勇気を出して、シャーロット、勇気を」[13]である。この「勇気を出して」というアンの言葉は、シャーロットの最後の傑作『ヴィレット』の中で、主人公ルーシー・スノーがドクター・ジョンへの恋をあきらめて新たな一人ぼっちの人生に踏み出す決意をする際に、「勇気を出して、ルーシー・スノー」と自らを励ます言葉としてよみがえり、永遠のものとなった。[14]

(2) アン・ブロンテと万人救済説

次に、デイヴィッド・トム師に宛てた手紙(一八四八年十二月三十日付)を読んでいこう。その前にアン・ブロンテの宗教について概観しておきたい。アンが、一八三七年か一八三八年にロウ・ヘッド・スクールの生徒だった時カルヴァン派の予定説のために、激しい宗教的な憂鬱に悩んだのは有名である。この時、モラヴィア派の牧師ジェイムズ・ド・ラ・トローブ師と数回に渡って面会し、聖書について話をする一方、アンは自分で聖書を熟読し、神と来世について思考した末に、独力で神の恩寵を確信できるような解釈にたどりついた。この宗教的な事件をエドワード・

チタムは、福音主義《エヴァンジエリカリズム》からの一種の改宗とみなしているのに対し[15]、マリア・フローリーは信仰の知的発展の一段落という別の見方を示している[16]。

フローリーは、ニューヨークのピアポント・モーガン図書館所蔵のアン・ブロンテの愛用の聖書の見返しの遊びの部分に記されたメモの研究を、ブロンテ研究者として初めて本格的に開始し、その中間報告を行っている[17]。この研究によって、フローリーは前著『アン・ブロンテ』(一九九六)で主張したアンの他の二人のブロンテとは異なる独自性と独立心の強さに対する確信を一層強めている。

フローリーは、アン・ブロンテの一八四一年から一八四三年にかけての個人的な聖書研究を当時の歴史的コンテクストに置いてみてから、アンにとっては、聖書を研究することが自己変革の可能性を信じることにつながったと主張する。つまり、聖書研究によって、アン・ブロンテは、神学上の問題ばかりでなく、存在という哲学的問題を考えることにもなったという。

デイヴィッド・トム師の手紙は、アン・ブロンテが独力でたどりついた信条が、すでに、宗派として存在していることを知ったあとで、その中心的な主唱者であったトム師に、自分と姉妹の著作を送り、万人救済説について尋ねた手紙に対して丁寧な返事をもらったことを感謝する手紙である[18]。トム師からアンに宛てた手紙は残っていない。

「拝啓　体調が悪かったために、牧師さまの嬉しいお言葉にお応えするのにこんなに長い時間がかかってしまい、申し訳ございません。お返事が遅れたからといって、あなたさまが私と私の身内の作品、とりわけ、それらの作品が表明している見解を喜んで下さったことに対して、感謝していないというわけではございません。私は、物議をかもしているその教義のことをあまり存じませんでしたので、万人救済説を唱える方の中に、あなたさまのような優れた能力をもち熱心な方がいらっしゃるとは気づきませんでした。しかし、私は子どもの頃から万人救済説を大事に心の中であたためてきました。最初は希望に震えながら、後には、その真理を固く嬉しく信じながらです。私はこの考えを私自身の心の中からひそかに引き出したのであって、神のお言葉からではございません。ほかの誰かがそのような考えをもっているとは知りませんでした。そして、それ以来、同じような考え方が情け深く思慮深い方からおずおずと示されたり、大胆に唱えられたりするのを見ては、それを真の喜びの源としてまいりました。今ではこの慰めとなる信条を唱えると証《あか》しされた方たちよりも多くの信者がいることを信じております。

なぜ、善良な方々が、たとえ、人類の大部分にこれが広まることに反対するとしても、少なくともご自分の心の中にこの信条を認めることをこんなにも厭うのか、私にはわかりません。しかし、おそらく、まだこの世界が十分に成熟していないということなのでしょう。この特別の真理がこんなにも長い間知られないままであることを神が喜んでいらしたのだから、そして、このような疑わしい言葉が使われてこのように一般的な誤解をお許しになるには、神は十分な理由をお持ちであるに違いないと、しばしば考えてまいりました。私たちは、人がいかにつかの間の時の誘惑に屈しやすいものか、よく知っております。そして、来世での業罰の怖れ、ましてや来世の報いの約束が人を耐え忍ばせ、待たせるのにいかに少ししか役立たないかということも、知っております。こんなにも多くの人々が眼前に永遠の死の定めという思い込みをもって、勇んで破滅の中に飛び込んでいくのであれば、たとえ、業罰は思ったよりも長く、恐ろしいものであり、その期間は計り知れないとはいえ、その定めは永遠ではなく限りある一時期にすぎないと言い替えることができれば、その結果は今とは違うものになるのではないでしょうか。

私はこの信条を感謝の念をもって大切に守ってまいりました。この信条をもっている方々に敬意を表します。あらゆる人々が人の希望であり神の限りない善良さである同じ信条を、もし何事もなく持てるものならもってほしいと願っています。しかし、若干の配慮が必要ならば、そうとは思いません。誘惑に弱い兄弟やサタンの奴隷になった者のことを考えるべきであり、これらの真理をまだ受け入れることができない人々にあまりに性急に明らかにするには注意が必要ではないでしょうか。しかし、このような示唆をするとおそらく自分自身を非難することになるでしょう。と申しますのは、私の最新作『ワイルドフェル・ホールの住人』の中で、私はこの信念を支持するような示唆を、その描写をした作品に盛り込めるかぎりたくさん盛り込んだからです。もちろん、単なる示唆にすぎませんが、牧師さまがそのような示唆として受け止めて下さるものと信じております。そして、大胆に神の真実を広め、それがおのずから広まるために、どれほど多くのことが言われうるかを私が十分意識していると信じて下さるということも。私たちの熱意が思慮深さを加味されて、私たちが労働に励んでいる間は、偉大な御業を良き時間と術によって完成させる力もご意志もお持ちの神さまを慎ましく拝することにいたしましょう。あなたさまご自身とあなたさまの尊いお仕事のために、心よりご多幸をお祈り申し上げます。

敬具　アクトン・ベル(19)

アンが『ワイルドフェル・ホールの住人』の中で行った示唆のうち、これまでの議論の中で取り上げることができなかった部分を引用して検討してみたい。たとえば、アーサーとの結婚に難色を示す伯母との対話で、ヘレンは、罪を犯した人が来世で受ける罰の期間を「永遠」とする、一般的な聖書解釈について、次のように反論している。

「「永遠に」ではありません」と私は叫んだ。「最大の銅貨を払い終わるまで」です。なぜなら、「いかなる人の業もその火に耐えることはできず、喪失に苦しむであろう。しかし、自らは火をくぐり抜けた者のごとくに救われるであろう」ですし、「森羅万象を従わせうる神は、あらゆる人が救われるようにはからうであろう」「時満ちて、あらゆるものは、あらゆる人のために死の辛酸を味わったイエス・キリストのもとに集うであろう。キリストにおいて神は地上天上を問わず、あらゆるものと和解するであろう」なのですから」

「まあ、ヘレン、そんなことをいったいどこで教わったの?」

「聖書からです。聖書を繰り返し読んで、これと同じような理論を立証すると思われる三十近いパッセージを見つけました」

「そんなふうにおまえは聖書を使っているの? そんな考えが危険で間違っていることを証明するような一節はなかったの?」

「ありませんでした。いくつかの節は、それだけ見ると、その見解と矛盾しているように見えましたが、よく述べられていることとは異なる構造をもつ傾向にあります。だいたいにおいて、唯一の難点は、私たちが「永遠に続く」とか「永劫の」と訳している言葉にあります。私は古代ギリシア語を知りませんが、元々の言葉は「長い年月の間」であって、「果てしない」とも「長く続く」を示すのでもないと思います。この信条の危険性については、惨めな人がそれをあてにして破滅すると思うと、私はこれを公にするつもりはありませんが、自分ひとりの心の中であたためておくにはあまりにも素晴らしすぎる考え方ですし、たとえ世界をくれると言われてもその考えを手放すつもりはありません」


（第二巻第一章）

ヘレンの発言に対する伯母の反応を見れば、万人救済説は一般的な聖書解釈からは逸脱しており、危険思想とも受けとめられかねなかったことが伺われる。このこと一つ取っても、エミリのおのれ一人の神への信仰に対して、アンを善良なキリスト教徒というように位置づけることがいかに間違った対比であるかがわかるだろう。

『ワイルドフェル・ホールの住人』からもう一つ引用しておく。アーサーの臨終に立ち会ったあとの心境をヘレンが兄に宛てて書いた手紙である。この直前には、死後の業罰を怖れていても、神に祈ることもできずに、子どものように喚き、ヘレンに縋りながら死んでいくアーサーの凄まじい臨終の場面がある。この場面に立ち会った読者は、とてもアーサーの死後の安らかな眠りを信じる気持ちにはなれないだろう。しかし、ヘレンは、アーサーもまたいつかは救われると確信するのである。

ああ、フレデリック！　誰もあの苦痛を想像することはできないでしょう。あの死の床の肉体的精神的な苦痛は。あの哀れな震えおののく魂が永劫の責め苦に向かって急いで去っていったなどとはとても考えられません。そう考えたら、気が変になってしまうでしょう。でも、ありがたいことに、私には希望があります。悔い改めれば許しが得られることが、最後には彼の心を動かしたかもしれないという可能性をぼんやりとあてにするだけではなく、嬉しい確信からです。それは、罪を犯した魂が通り抜けることになっている清めの炎がどんなものであろうとも、どんな運命が待ち受けていようとも、それでも、その魂が滅びることはなく、お造りになったものを憎むことはない神が、最後にはその魂を祝福して下さるという確信です。

（第三巻第十二章）

ここまで読むと、万人救済説は別として、やはり篤い信仰心ということがアン・ブロンテの特徴だと感じる人が多いかもしれない。しかし、これまで繰り返し述べてきたように、アン・ブロンテの宗教的危機が聖書研究と論理的考察から得られた万人救済説の確信によって乗り越えられたということは重要である。さらに、彼女が家族以外の進歩的知識人との交流に恵まれていたならば、少女時代の熱烈な信仰を論理的考察の末に捨てたジョージ・エリオットのようにならなかったとは言えないだろう。小説家としての出発にはかなりの時間差があり、ヨークシャーとミッドランドという地域差は大きいが、エリオットはアン・ブロンテより一歳年上、同世代であることに私たちはもっと注目してもいいかもしれない。

アン・ブロンテがデイヴィッド・トム師に手紙を書いた一八四八年十二月三十日は、ブランウェルが九月に死に、エミリが十二月十九日に死んだあとである。この時点でのアン・ブロンテにとって差し迫った問題は、予定説一般の問題というよりも、目前の堕落し改悛しなかった兄が死後どうなるかという問題であっただろう。シャーロットはブランウェルを見捨てる形で、エミリはブランウェルに寄り添い、受け入れる形で、アンは聖書を読み替えてブランウェルが死後の業罰を経て救済されることを確信することによって、それぞれにこの問題を乗り越えた。アン・ブロンテのトム師への手紙には、身内の二人の死については一言も触れられていないが、アン・ブロンテがいかに深く読み、深く考えたかを伺うことができるだろう。一人ぼっちで悩み、苦しんだあげくにたどりついた結論が、他の心ある人々、高等教育を受けている宗教指導者が支持している学説であったことを知った喜びは、いかばかりのものであっただろうか。また、女性が大学教育を受けることができず、宗教的指導者にもなれず、学者になることもできなかった時代に、生まれながらの知的好奇心はさておき、真摯に考え抜くということを徹底した末に、このような結論を引き出したアン・ブロンテの知性、理性、分析力、論理性には驚嘆するほかはない。いわゆるブロンテ的な情念の爆発とは一見相反するようなこの特徴こそ、アン・ブロンテの独自の世界を作っているのであり、これこそ彼女の存在意義なのである。

終章

アン・ブロンテの一生を読み解く際にも、彼女の文学テクストを読み解く際にも、姉のシャーロット・ブロンテと姉の親友エレン・ナッシーがアンに押しつけた「おとなしいアン」というイメージとは異なる視点の読みが必要である。

アン・ブロンテの小説の語り手は一見したところ、信心深く、生真面目に義務を守る道徳家であり、読者に教訓を与えようとしているように見える。しかし、彼女の小説の語りは、実は複雑な二重構造を取っており、その構造を丁寧に分析することによって、常識性や保守性とは異なる相貌が現れる。

アン・ブロンテの第一作『アグネス・グレイ』の語りにおける省略や沈黙の多用は、単に語り手の慎ましさの表れと見るべきではない。注目すべきことは、語り手の自己規制ではなく、むしろ自己規制によって抑圧された欲望の存在を語り手が認識していることである。語り手は自己規制的な（「親孝行の殉教者」のような）語りを中核に置きながら、その語りを批判するという方法を取っている。語り手が自らの恋愛感情について語るときでさえ、科学的客観的な思考の論理をたどることも注目すべき特徴である。

語り手であるヒロインが抑制している生命の躍動感すなわち殉教者ではない生き方を体現しているのは、ヒロインの母である。ヒロインが結婚によって築く新家庭は、母の家庭が内包していた危うさを寡黙と感情の抑制によって補完しているという点で、母の家庭とは大きく異なるが、この二人の女性の生き方は、一方が他方を批判するという形ではなく、互いに相手を尊敬や愛情によって認めるという形で並置されている。ヒロインの婚約と結婚に至る過程は、夫となる人と母の社交から始まり、求婚の許可を母から得たあと本人に求婚するという手順を踏んで、見かけ上は親から夫への花嫁の引き渡しという常識的な手続きが行われているように見えるが、実は、ヒロインは恋人との再会に先立つ第二十四章の早朝の砂浜の場面で、自らの意志によって母の価値観から夫となる人の価値観への移行を完了していた。アン・ブロンテのうわべの常識性とは異なるラディカルな側面がここに現れている。

アン・ブロンテの第二作『ワイルドフェル・ホールの住人』は、ヴィクトリア朝という時代の制約の中で性愛の問題を扱うために、ヒロインの性的な成長の物語の上に、ヒーローの性を含む道徳的な成長の物語をかぶせるという二重構造を取っている。ヒロインが日記や手紙を書くという形で語ることによって成長し、ヒーローもヒロインの書いたものを読む行為を通じて、ヒロインにふさわしいヒーローに成長するという形式は、サミュエル・リチャードソンの『パミラ』に遡る書簡体小説の伝統を継いでいるが、アン・ブロンテはリチャードソンやジェイン・オースティンよりも一歩進んで、ヒーローとヒロインの関係を一般の男女関係と逆転することによって、ジェンダーの問題を明確に意識していることを示している。

ヒロインを誘惑する夫の友人の役割と、不倫の当事者の弁明の描写を分析してわかることは、アン・ブロンテが真面目な道徳家であるにもかかわらず、結婚制度から逸脱する性愛の問題を悪として断罪しなかったことである。彼女は、世間一般の道徳や秩序に敬意を払う一方で、そこからはみ出るものに対しても存在価値を認めるという独特な距離感をもっていた。ブロンテ姉妹の中でもっともおとなしく常識的と思われがちなアン・ブロンテは、性の問題を道徳的に真剣に追求してタブーに挑戦したという点で、のちのトマス・ハーディとD・H・ロレンスの系譜につながっている。

アン・ブロンテの真価を十分理解した上で、アン・ブロンテの『ワイルドフェル・ホールの住人』とエミリ・ブロンテの『嵐が丘』を、実力が伯仲する、対等な二人の作家の作品として比較してみると、シャーロット・ブロンテも含めた三姉妹のいずれが優とも決めがたい、優れた個性の違いが明らかになる。エミリ・ブロンテとアン・ブロンテの二つの小説の本質的な類似点は、現実のイギリス社会の法律と経済の知識を重要な基盤として、現行法の不備に対して深い関心を示していることである。両作品ともにジェンダー不平等の法律によって不当に扱われる既婚女性の苦しみと、不幸な家族関係を描いて、既存の結婚制度に対する異議申し立てをしている。注目すべきことは、アン・ブロンテのヒロインがエミリ・ブロンテのヒロインと違って、鋭い知性と深い洞察力に恵まれ、現実を変える力を与えられていることである。アン・ブロンテのヒロインは、既婚女性を法的な主体とみなさない社会の中で、合法的に自分と愛する者の幸せを獲得するために孤軍奮闘する。アン・ブロンテは現状妥協型のシャーロット・ブロンテよりもラディカルに社会の悪を糾弾した。これに対して、エミリ・ブロンテの小説の興味の中心は、悪の糾弾や社会の変革よりも、卑小な人間が内包する感情世界の驚くべき大きさにある。

アン・ブロンテの場合、詩というジャンルにおいても、二つの小説に表れたのと同じように、省略や沈黙を多用する語り手が現れる。そして、中立に振る舞おうとする語り手の悲しみや秘められた思いが、はっきりとはわからないような形で描き出される。語り手が目撃者であると同時に当事者でもあるような設定の詩において、語り手は本来の自分が是認できない者に対してさえ理解を示し、同情もし、羨望も感じるために、激しい苦悩に曝されている。アン・ブロンテは、自分と相対する感情や価値観に対する反発と思いやりを理性的に処理して詩の形にしているのである。それぞれの立場に対する理解と尊重は、小説家としての広い視野を示しており、長寿に恵まれれば、ブロンテ姉妹中最も多様な作品を書く可能性をもっていたことが推測される。アン・ブロンテは二人の姉と違ってロマン派的なインスピレーションに恵まれなかったのではない。その気になればロマン派的な作品を書く能力をもっていたが、彼女の創作者としての意識は姉たちとは別の方向をめざしていたのである。

アン・ブロンテの手紙を文学テクストとして読んだ場合も、忍耐と沈黙というヴィクトリア朝の女性に要求された美徳を、確かに持ちながらも、逆境にあって耐え忍ぶ無力な女性ではなく、物事を冷静に分析し、論理的に考察した上で、自らの運命を切り開く気力と実行力を持った女性の姿が立ち現れる。

アン・ブロンテの文学テクストに表れた、自分とは異なる立場や意見の尊重は、万人救済説の信奉によって宗教的に動機づけられている。彼女の万人救済説が宗教指導者の導きによってではなく、個人的な聖書研究と論理的考察から、宗教的不安を独力で乗り越えた末の確信であったことは重要である。このことからも、知性、理性、分析力、論理性という特徴がアン・ブロンテの独自の文学世界を作っていることがわかる。忘れられがちなことであるが、アン・ブロンテが、熱烈な福音主義者から人間宗教を説く作家に転じたジョージ・エリオットと一年違いの生まれであることに、今後はもっと目を向ける必要があるだろう。

以上のように、アン・ブロンテをブロンテ姉妹の中でいわゆるブロンテ的な特徴との関係で評価するのではなく、イギリス小説史の中に一人の独立した作家として置いた時、シャーロット・ブロンテとエミリ・ブロンテとの相違点の重要性が明らかになり、さらに、ジョージ・エリオット、トマス・ハーディ、D・H・ロレンスなどブロンテ姉妹以外のイギリス小説の「偉大な伝統」とのつながりも明らかになった。二十一世紀の再評価によって真価を認められたアン・ブロンテは、テクストの内在的研究から外在的研究に比重を移した二十一世紀の文学研究の中でも、今後ますます重要な位置を占めるものと確信する。

あとがき

私がはじめて読んだブロンテの作品は、シャーロット・ブロンテの『ジェイン・エア』だった。中学一年生のとき、上巻を読み終わって、下巻が届くのを待ちこがれたのを今でもよく覚えている。そのあと、原文で読みたい気持ちが高まり、図書室で偶然見つけた縮約版の『ジェイン・エア』を読んだ。まだ現在形しか習っていない一学期のことだったから、完了形や受動態を英和辞典で調べながら、英文と格闘した。そして朗読テープを取り寄せて、馬車の音や雨の音などの効果音を楽しみながら、すっかりイギリス英語のリズムの虜になってしまった。続いて『嵐が丘』を読んだのは、同じブロンテだからという単純な理由だったが、場面ごとの詩的な表現のすばらしさ、物語展開の複雑さにすっかり魅せられて、のちに原書が読めるようになるまでに翻訳で百回以上は読んだのではないかと思う。私がこれほど繰り返し読んだ本は、この他には、与謝野晶子訳の源氏物語があるだけである。

その後、大学の英文科に進んで、シャーロット・ブロンテの『ヴィレット』について卒業論文を書いた。『ヴィレット』との出会いは、一年生の時、当時早稲田大学で非常勤で教えていらした実践女子大学名誉教授の山脇百合子先生の教養演習の授業がきっかけだった。日本ではまだ評価の低かったこの作品を卒業論文として取り上げることを許して下さった、指導教授の林昭夫先生にも感謝したい。

アン・ブロンテに出会ったのは、日本ブロンテ協会の奨励賞に応募するためのテーマを探していた時である。アン・ブロンテの先行研究は少なく、思う存分自分の論が展開できるのではないかという期待があった。先行研究を読むうちに、ホモソーシャルな出版業界で苦しんだシャーロットがアンの作品の評価を妨害したという皮肉を知り、これは何としても、アン・ブロンテをきちんと読むという環境をまず拵えなければならないという義憤のような思いにかられた。

お世話になった方々は数え切れないが、日本ブロンテ協会顧問・理事の中岡 洋先生、東京大学名誉教授の海老根宏先生に、特にお礼申し上げたい。中岡先生には、『嵐が丘』についての修士論文のための参考文献をお借りするために、駒澤大学の研究室をお尋ねしたことに始まり、数々の仕事でご一緒させていただいた。その積み重ねのおかげで今日の私がある。日本ブロンテ協会奨励賞受賞の際にいただいた丁寧なご講評は、その後の研究姿勢の指針となっている。先生のブロンテに寄せる愛情と、ブロンテ研究の後進を育てる意欲には、研究者として教育者として学ばせていただくところが多かった。

海老根 宏先生には、東京大学大学院在学時に指導教授としてお世話いただいて以来今日に至るまでご指導を仰いでいる。先生の的確なご批判と、示唆に富むご意見にはいつも励まされ、また、イギリス小説を愛するお心から、学んだことは数知れない。

東京女子大学教授の鮎澤乗光先生には、先生が立教大学在職中の研究休暇中に演習の授業を担当させていただいたことにあらためて感謝申し上げたい。本書の一部は、この演習の準備と学生とのやりとりから生まれたものである。当時のゼミ生たちにも感謝したい。

前任校、駒沢女子大学のゼミでは、文学を読むことに慣れていない学生と文学作品を読む困難に突き当たったが、『嵐が丘』に初めて出会った素朴な驚きは、この小説を長く研究対象にしてきた者が忘れがちな、初読の際の衝撃を思い出させてくれた。在職中、学術情報システムを使って、多数の大学および大英図書館より貴重な資料を取り寄せることができた。図書館のスタッフの方たちに心より感謝したい。

現在の勤務校である中央大学の教職員とゼミの学生たち、図書館のスタッフにも心より感謝を捧げたい。

アン・ブロンテ研究は、特に英米においては、ジェンダー研究や文化研究と連動して、ますます進展の兆しを見せている。そのような状況の中で、主に九十年代にジェンダーや階級ということを取り立てて強く意識せずに執筆した私の論文を本の形で刊行することには躊躇を感じた。しかし、本書の中で何度か述べたように、日本でのアン・ブロンテ研究は、残念ながら、『アン・ブロンテ論』（開文社、一九九九年）の出版時に予測されたほどには進んでいないことを考えて、刊行に踏み切った。どうか、このささやかな本が、アン・ブロンテについての読者や研究者の誤解や思い込みを払拭して、新たな読書の快楽と研究の地平を開く踏み台になってくれるように、願ってやまない。

本書のカバー（表紙）は、ジョルジュ・ド・ラ・トゥールの絵『悔悟するマグダレーナ』（一六四〇年頃）を米国ワシントンＤＣの国立美術館より写真を借用して使用した。私がアン・ブロンテを集中的に読んでいた頃に、日本では童謡詩人、金子みすゞの発掘と再評価があったが、欧米の美術界では、この画家の三百年ぶりの再評価が始まっていた。ラ・トゥールとアン・ブロンテの接点は、わずかに、死後の再評価ということしかないが、信仰のない者にとっても、人間の寿命を越えた年月を経た再評価は、人間の寿命を越えて続く芸術というもの、信仰というものの意味をあらためて考えさせてくれる。伝えられる画家の実人生での俗物性と、カンバスに表れた静謐な信仰のギャップは興味深く、アン・ブロンテも共感してくれるのではないだろうかと考えて、この絵を選んだ。

本書は中央大学学術図書出版助成により出版された。助成の審査に当たった先生方、出版の労をお執りいただいた中央大学出版部担当部長の平山勝基氏、表紙についての過大な注文に応えて下さった大森印刷の大森　實社長に心より感謝申し上げる。

最後に、いつも私の著作の最初の読者になってくれる夫と、私の仕事の原動力になってくれる子どもたちに感謝をこめて、本書を捧げたい。

二〇〇七年八月

大田美和

初出一覧

本書は、これまでに発表した論文を大幅に加筆修正したものである。初出は以下のとおりである。転載を許可して下さった開文社出版、研究社、日本ブロンテ協会、北星堂書店、みすず書房の皆さまに感謝申し上げたい。

第一章　『アグネス・グレイ』
（1）　一人称の語りにおける殉教者／ヒロインであるアグネス　「一人称の語りに表れる殉教者／ヒロインであるアグネス」中岡洋・内田能嗣編著『ブロンテ姉妹の時空』北星堂書店、一九九七年。
（2）　アン・ブロンテの写生文――早朝の砂浜の場面　「『アグネス・グレイ』の朝の砂浜の場面」『英語青年』特集アン・ブロンテ没後一五〇年　一九九九年七月号、研究社、一九九九年。
第二章　『ワイルドフェル・ホールの住人』
（1）　『ワイルドフェル・ホールの住人』書くヒロインと読むヒーロー　「書くヒロインと読むヒーロー――アン・ブロンテ『ワイルドフェル・ホールの住人』について」日本ブロンテ協会奨励賞受賞論文『ブロンテ・スタディーズ』第二巻第三号、日本ブロンテ協会、一九九四年。
（2）　『ワイルドフェル・ホールの住人』セクシュアリティと結婚制度　「『ワイルドフェル・ホールの住人』におけるセクシュアリティと結婚制度」『ブロンテ・スタディーズ』第三巻第一号、日本ブロンテ協会、一九九七年。
付記：アーサーとギルバートはなぜ一度も出会わないのか――BBC製作のテレビドラマ『ワイルドフェル・ホールの住人』をめぐって　書き下ろし
第三章　『ワイルドフェル・ホールの住人』から見た『嵐が丘』の眺め　「『ワイルドフェル・ホールの住人』からみた『嵐が丘』の眺め」『英語青年』特集ブロンテ姉妹、一九九七年一二月号、研究社、一九九七年。
第四章　アン・ブロンテの詩　対象との距離感　「アン・ブロンテの詩に表れた書き手としての意識」中岡洋・内田能嗣編著

『アン・ブロンテ論』、開文社出版、一九九九年。

第五章　アン・ブロンテの手紙

（1）　エレン・ナッシー宛の手紙　「アン・ブロンテの手紙」　ブロンテ全集8『アグネス・グレイ』月報4、みすず書房刊、一九九五年。

（2）　アン・ブロンテと万人救済説　書き下ろし

究紀要』9（1980年）：27-32.

——「*The Tenant of Wildfell Hall* とその主題：“Salvation” について」『武蔵野英米文学』27（1995年）：19-32.

——「*The Tenant of Wildfell Hall* における Anne Brontë の意識の限界について」『武蔵野英米文学』7（1974年）：1-12.

——「*The Tenant of Wildfell Hall* におけるヒロイン Helen の役割について」『武蔵野英米文学』18（1986年）：85-97.

——「アン・ブロンテ『アグネス・グレイ』と『ワイルドフェル・ホールの住人』をめぐって」日本ブロンテ協会編『ブロンテ　ブロンテ　ブロンテ』117-152.

——「アン・ブロンテが言外に語ること」青山誠子編『女性・ことば・ドラマ—英米文学からのアプローチ—』彩流社、2000年、215-225.

——「アン・ブロンテの求めた女性像—小説の中のヒロインたち」『ブロンテ・スタディーズ』2-1（1992年）：1-15.

——「アン・ブロンテを求めて：ハワース再訪」『Brontë Newsletter of Japan』15（1990年）：2.

——「たおやかに生きる——『ワイルドフェル・ホールの住人』」山口『女たちの英米文学シアター：タカラヅカから映画まで』春風社、2004年、163-176.

——「『ワイルドフェル・ホールの住人』解説」ブロンテ全集9『ワイルドフェル・ホールの住人』みすず書房、1996年、709-727.

——「『ワイルドフェル館の女(ひと)に魅せられて』『Brontë Newsletter of Japan』4（1987年）：1.

山本紀美子「*The Tenant of Wildfell Hall* に描かれた Religious Humanism」『大阪女子大学大学院英米文学研究会／Tomorrow』16（1997年）：1-13.

——「『ワイルドフェル・ホールの住人』と詩編にみるアンの宗教的限界」中岡、内田『アン・ブロンテ論』291-308.

——「『ワイルドフェル・ホールの住人』に描かれた宗教観」『英語青年』145. 4（1999年7月号）：204-206.

吉田良夫「『アグネス・グレイ』論：遺恨とロマンス」吉田『英国女性作家の世界』大阪教育図書、2004年、172-203.

増田恵子「『アグネス・グレイ』中岡、内田『ブロンテ姉妹を学ぶ人のために』235-243.
——「『ワイルドフェル・ホールの住人』—アン・ブロンテが描く「女の一生」」中岡洋、宇佐見太市、岸本吉孝編著『楽しめるイギリス文学：その栄光と現実』金星社、2002年、151-163.
松原恭子「『アグネス・グレイ』における内面描写」『神戸女子大学文学部紀要』29（1996年）：15-23.
——「ガヴァネスとしてのアグネス」中岡、内田『ブロンテ姉妹の時空』229-243.
——「ブランウェル・ブロンテと『ワイルドフェル・ホールの住人』」中岡、内田『アン・ブロンテ論』234-243.
松原典子「Agnes Grey と Jane Eyre」『中京学院大学研究紀要』9-2（2002年）：81-92.
——「Agnes Grey は Anne Brontë の「鏡」」『中京学院大学研究紀要』9-1（2001年）：77-88.
——「『ワイルドフェル・ホールの佳人』：父権制に関して」『中京学院大学研究紀要』10. 1/2（2003年）：117-129.
宮川下枝「ブロンテ研究—『アグネス・グレー』に見られるアン・ブロンテの信仰」『梅光女学院大学英米文学会／英米文学研究』18（1982年）：75-91.
森松健介「アン・ブロンテの詩の構造—その絶筆を読む」『人文研紀要』47（中央大学人文科学研究所）（2003年）：99-119.
——「アン・ブロンテの詩」『ブロンテ・スタディーズ』2. 2（1993年）：28-42.
——「アン・ブロンテの篤実な信仰と神への恨み」『ヴィジョンと現実—十九世紀英国の詩と批評』中央大学出版部、1997年、387-397.
——「アンとハーディの類似性」『Brontë Newsletter of Japan』35（1997年）：1.
——「詩人アン・ブロンテを読む」『英語青年』145. 4（1991年７月号）：207-209.
山口弘恵「Agnes Grey から Helen Huntingdon へ Anne Brontë の託したもの」『武蔵野英米文学』（武蔵野女子大学英米文学会）30（1998年）：71-83.
——「Anne Brontë 研究：*Agnes Grey* と *The Tenant of Wildfell Hall* の間」『武蔵野英米文学』10（1977年）：19-35.
——「Anne Brontë とその周辺」『武蔵野女子大英米文学会／武蔵野英米文学』5（1973年）：126-138.
——「Anne Brontë のキャラクター作法—理想の追求とその手法について」『武蔵野英米文学』20（1987）：13-27.
——「Anne Brontë の社会性について—*The Tenant of Wildfell Hall* を中心に—」『武蔵野英米文学』29（1996）：19-36.
——「Anne Brontë の評価について」『東京都私立短期大学協会／英語英文学会研

—」中岡、内田『アン・ブロンテ論』100-117.
樋口陽子「『ブランウェル・ブロンテフルート曲集』と『アン・ブロンテ歌集』」『ブロンテ・スタディーズ』2-2（1993年）：55-60.
久野幸子「『アグネス・グレイ』の「語りの形式」—アン・ブロンテと「自叙伝体小説」」編『英語・英米文学の光と影』京都修学社、1998年、316-27.
廣田稔「Anne Brontë に見る宗教性：その内的葛藤」『佐賀大学英文学研究』2（1968年）：13-41.
——「アン・ブロンテ　そのモラリスト的資質と発展　1」『英語英文学論叢』（九州大学）38（1988）：43-69.
——「アン・ブロンテ研究ノート：作家のテーマと執筆の目的」『九州大学言語文化部／言語文化論究』11（2000年）：1-8.
——「『ワイルドフェル・ホールの住人』」、青山、中岡『ブロンテ研究』195-225.
——「『ワイルドフェル・ホールの住人』の不完全版と冒頭の省略」『Brontë Newsletter of Japan』16（1991年）：1.
廣野由美子「恐るべきアン—心理小説としての『アグネス・グレイ』」『英国小説研究』21（2003年）：113-131.
福村絹代「Agnes Grey の近代性」『椙山女学園大学研究論集』28（1997年）：43-51.
——「*The Tenant of Wildfell Hall* の主人公」『椙山女学園大学研究論集』29（1998年）：13-20.
富士川和男「アグネス・グレイ」内田『ヴィクトリア朝の小説：女性と結婚』85-101.
藤木直子「アン・ブロンテとキリスト教信仰：魂の伝記」関西英語英米文学会編『二十一世紀への飛翔』大阪教育図書、2001年、25-47.
——「アン・ブロンテの「愛の詩」」『大谷女子大学大学院／志学台レヴュー』8（2001年）：1-12.
——「詩人アン・ブロンテ—内なる葛藤の記録」『大谷女子大学大学院／志学台レヴュ—』5（1998年）：35-50.
船橋美香「situation の呪縛—アン・ブロンテの『アグネス・グレイ』—」、『英語青年』143. 9（1997年12月号）：530-532.
——「手渡される日記の物語：Anne Brontë の *The Tenant of Wildfell Hall* における語り」『調布学園女子短期大学紀要』29（1997年）：247-277.
前田淑江「『アグネス・グレイ』—沈黙の技法」中岡、内田『アン・ブロンテ論』47-64.
——「『アグネス・グレイ』の鑑賞のポイント」中岡、内田『ブロンテ文学のふるさと』81-81.

杉村藍「モラリスト、アグネス・グレイ」中岡、内田『アン・ブロンテ論』83-99.
杉村使乃「"I am no Angel": Helen Grahamへ向けられる眼差し」『日本女子大学大学院/Veritas』21(2000年):51-63.
——「「家庭」に帰るヒロインたち:アン・ブロンテの小説の構造」『日本女子大学大学院/Veritas』20(1999年):51-68.
高橋宏「アグネス・グレイ」『大阪樟蔭女子大学英米文学会誌』10(1973年):52-58.
——「アン・ブロンティの『ワイルドフェル館の住人』『英文学試論』6(1975年):56-68.
田中晏男「序文、解説」『アグネス・グレイ』田中晏男訳、京都修学社、2001年、361-367.
田中淑子「一人称の静けさ」中岡、内田『アン・ブロンテ論』135-153.
出口富子「Anneの讃美歌—The Narrow Way」『Brontë Newsletter of Japan』16(1991年):2.
鳥海久義「清らかな泉—『アグネス・グレイ』」鳥海『ブロンテ姉妹の世界』201-209.
——「恋と教訓—『ワイルドフェル館の人』鳥海『ブロンテ姉妹の世界』209-220.
中岡洋「アン・ブロンテ論—非日常の想像をめぐって」中岡、内田『アン・ブロンテ論』391-410.
——「『カラー、エリス、アクトン・ベル詩集』」中岡、内田『ブロンテ姉妹を学ぶ人のために』256-269.
——「スカーバラのアン」『Brontë Newsletter of Japan』9(1988年):1.
——「ブロンテ研究の現在」『ユリイカ』2002年9月号、青土社、158-163.
中村佐喜子「牧師館の華やぎ・アンの悲恋」『ブロンテ物語』三月書房、1988年、94-101.
新野緑「空白の語るもの—『アグネス・グレイ』におけるジェンダーと語り—」『神戸外語大論叢』52.2(2001年):15-40.
——「三人のガヴァネス:ベッキー・シャープ、ジェイン・エア、アグネス・グレイ」『神戸外語大論叢』50.7(1999年):25-56.
西口喜美「『ワイルドフェル・ホールの住人』:自立と宗教規制」『大谷女子大学大学院/志学台レヴュー』6(1999年):45-57.
丹羽佐紀「真実の愛を求めて:アン・ブロンテ『アグネス・グレイ』」『たのしく読める英米青春小説』ミネルヴァ書房、2002年、72-73.
野本由紀夫「アン・ブロンテと音楽—自筆『ソング・ブック』にみる宗教性と家庭教師文学の一断面」中岡、内田『アン・ブロンテ論』352-388.
橋本清一「『アグネス・グレイ』における信仰の継承—母アリスから娘アグネスへ

(2000年)：150-158.
——「没後150年のアン・ブロンテ」『Brontë Newsletter of Japan』45（1999年）：2.
——「評価の変遷に見るアン・ブロンテ文学の特色」『英語青年』145. 4（1991年7月号）：198-200.
榎本義子「アン・ブロンテの小説のヒロイン：闇の体験の意味するもの」『フェリス論叢』22（1986年）：45-56.
大榎茂行「家父長制社会への挑戦と限界—自立的女性ヘレン・ハンティンドンの場合—」中岡、内田『アン・ブロンテ論』270-290.
押本年眞「アグネスの自立—価値観の旧さと新しさ—」中岡、内田『アン・ブロンテ論』25-46.
上山泰「『アグネス・グレイ』における女主人公の生き方」中岡、内田『ブロンテ姉妹の時空』213-228.
川本静子「道徳的優位者—アグネス・グレイ」『ガヴァネス（女家庭教師）』中公新書、1994年、142-148.
岸本吉孝「アン・ブロンテの詩にみる情景描写と内面のイメージ—エミリ・ブロンテの詩と関わって—」中岡、内田『アン・ブロンテ論』329-351.
栗栖美知子「アン・ブロンテ『アグネス・グレイ』—あるシンデレラの告白」栗栖『ブロンテ姉妹の小説』158-182.
——「『ワイルドフェル・ホールの住人』における「笑い」と「怒り」」栗栖『ブロンテ姉妹の小説』183-283.
佐藤郁子「『アグネス・グレイ』—誕生、窓、結婚、声—」中岡、内田『アン・ブロンテ論』118-134.
清水伊津代「『アグネス・グレイ』におけるロザリー像」中岡、内田『ブロンテ姉妹の時空』245-257.
——「言葉と仮構—アン・ブロンテの詩」『文学・芸術・文化：近畿大学文芸学部論集』14-2（2003年）：136-97.
——「セクシュアリティ／愛／主体—『ワイルドフェル・ホールの住人』における性の装置—」中岡、内田『アン・ブロンテ論』215-233.
——「『ワイルドフェル・ホールの住人』」中岡、内田『ブロンテ姉妹を学ぶ人のために』244-255.
——「『ワイルドフェル・ホールの住人』の鑑賞のポイント」中岡、内田『ブロンテ文学のふるさと』86-87.
——「『ワイルドフェル・ホールの住人』：女性と結婚」内田能嗣編『ヴィクトリア朝の小説：女性と結婚』英宝社、1999年、103-117.
白井義昭「『ワイルドフェル・ホールの住人』—女性の境域を求めて—」中岡、内田『アン・ブロンテ論』252-269.

――「告白と説得の構造―『ワイルドフェル・ホールの住人』の語られ方をめぐって―」中岡、内田『アン・ブロンテ論』179-196.
――「挑戦する常識：アン・ブロンテのヒロイン像」『横浜国立大学人文紀要：第二類語学・文学』30（1983年）：97-113.
石井明日香「アン・ブロンテの小説に見られる結婚観について」『ありす：英文学研究』21（2002年）：1-11.
――「Agnes Greyを読み直す：語りの技法と言葉の使い方について」『日本女子大学英米文学研究』36（2001年）：1-11.
――「アグネスの戦略・ギルバートの誠意：アン・ブロンテの小説における語り」『日本女子大学大学院／Veritas』22（2000年）：1-14.
――『ジェイン・エア』からの眺め―『ヴィレット』、『嵐が丘』、『アグネス・グレイ』における仕事と結婚」出渕敬子編『読書する女性たち　イギリス文学・文化論集』彩流社、2006年、181-195.
――「自立を求めて：アグネス・グレイの性格造型について」『日本女子大学大学院／Veritas』21. 1999年、35-50.
――「*The Tenant of Wildfell Hall*における語りと教育的意図」『日本女子大学英米文学研究』38（2003年）：33-45.
石塚虎雄「Agnes Grey―新しい女性像の創造」石塚『ブロンテ姉妹論』1982年、294-322.
――「*The Tenant of Wildfell Hall*―その新しさについて―」石塚『ブロンテ姉妹論』1982年、323-360.
井上澄子「『アグネス・グレイ』と表現の意識」中岡、内田『ブロンテ姉妹の時空』273-286.
――「『ワイルドフェル・ホールの住人』の新しいゴシシズム」『英語・英米文学のエートスとパトス』大阪教育図書、2000年、329-337.
――「『ワイルドフェル・ホールの住人』の批評史」中岡、内田『アン・ブロンテ論』157-178.
岩上はる子「ガヴァネス文学の古典：アン・ブロンテ『アグネス・グレイ』」久守和子、窪田憲子、石井倫代編著『たのしく読める英米女性作家』ミネルヴァ書房、1998年、32-33.
植松みどり「『アグネス・グレイ』」青山・中岡『ブロンテ研究』175-194.
宇田和子「家庭教師としてのアグネス」『埼玉大学／Heron』17（1983年）：21-26.
――「教職から結婚へ」中岡、内田『アン・ブロンテ論』65-82.
内田能嗣「『アグネス・グレイ』『ワイルドフェル・ホールの住人』の舞台」中岡洋、内田能嗣編著『ブロンテ文学のふるさと』大阪教育図書、1999年、88-91.
――「「いくつかの人生観」にみるアンの宗教観」『ブロンテ・スタディーズ』3-4

和書（単行本）

青山誠子『ブロンテ姉妹：女性作家たちの十九世紀』朝日新聞社、1995年。

青山誠子・中岡洋編『ブロンテ研究―作品と背景』開文社出版、1983年。

飯島朋子編『ブロンテ文学の文献目録』日本図書刊行会、2005年。

石塚虎雄『ブロンテ姉妹論』篠崎書林、1982年。

内田能嗣編『ブロンテ姉妹小事典』研究社、1998年。

栗栖美知子『ブロンテ姉妹の小説―「内なる」アウトサイダーたち』リーベル出版、1995年。

鳥海久義『ブロンテ姉妹の世界』評論社、1978年。

中岡洋、内田能嗣編著『アン・ブロンテ論』開文社出版、1999年。

中岡洋、内田能嗣編著『ブロンテ姉妹の時空』北星堂書店、1997年。

中岡洋、内田能嗣編『ブロンテ姉妹を学ぶ人のために』世界文化社、2005年。

日本ブロンテ協会編『ブロンテ　ブロンテ　ブロンテ』開文社出版、1989年。

山口弘恵『アン・ブロンテの世界』開文社、1992年。

（論文）

青山加奈「Agnes Grey の教育」『明治学院大学大学院／シルフェ』31（1992年）：94-109.

芦澤久江「日誌　解説」ブロンテ全集７『嵐が丘』みすず書房、1996年、603-613.

――「『ワイルドフェル・ホールの住人』におけるロマン主義」中岡、内田『アン・ブロンテ論』197-214.

安達みち代「アン・ブロンテとメアリ・ウルストンクラフト」『Brontë Newsletter of Japan』53（2001年）：3.

阿部美恵「アン・ブロンテの世界：愛の問題を中心に」『松蔭女子短期大学紀要』8（1992年）：95-110.

――「『ワイルドフェル・ホールの住人』：ギルバート・マーカムが意味するもの」『松蔭女子短期大学紀要』12（1996年）：31-43.

――「『ワイルドフェル』の出版事情」ブロンテ全集９『ワイルドフェル・ホールの住人』月報７、みすず書房（1996年）、2-5.

天野みゆき「『ワイルドフェル・ホールの住人』における言葉とイメージ」『比較文化研究』40（1998年）：8-16.

鮎澤乗光「*The Tenant of Wildfell Hall* 試論：「誤った結婚」からの再生」『英国小説研究』18（英潮社、1997年）：111-137.

――「アン・ブロンテ『アグネス・グレイ』のリアリズムと象徴性」『英語青年』143. 9（1997年12月号）：527-529.

――「解説」ブロンテ全集８『アグネス・グレイ』、みすず書房、1995年。

Signorotti, Elizabeth. " 'A Flame Perfect and Glorious' : Narrative Structure in Anne Brontë's *The Tenant of Wildfell Hall.*" *Victorian Newsletter* 87 (1995) : 20-25.

Simmons, James R., Jr. "Anne Brontë." *Victorian Women Poets.* Ed. William B Thesing, Detroit : Thomson Gale, 1999. 40-46.

——. "Class, Matriarchy, and Power : Contextualizing the Governess," *New Apporoaches to the Literary Art of Anne Brontë.* Eds. Julie Nash and Barbara A. Suess. Aldershot : Ashgate, 2001. 25-43.

Smith, Anne. "Introduction." *Agnes Grey.* London : Dent, 1985. (Everyman's Library) v-xxii.

Smith, Margaret. "Introduction." *The Tenant of Wildfell Hall.* Oxford : Oxford University Press, 1993. (World's Classics) ix-xxiv.

Stolpa, Jennefer M. "Preaching to the Clergy : Anne Brontë's *Agnes Grey* as a Treatise on Sermon Style and Delivery." *Victorian Literature and Culture* 31. 1 (2003) : 225-240.

Sugimura, Shino.（杉村使乃）"The Mother/Daughter Plot in Anne Brontë's *Agnes Grey.*"『日本女子大学大学院文学研究科紀要』6（2000年）：1-12.

Summers, Mary. "Anne Brontë on How to Bring Up a Child." *Brontë Studies* 28. 1 (2003) : 85-87.

——. "Anne Brontë's Religion : First Signs of Breakdown in Relations with Emily." *Brontë Society Transactions* 25. 1 (2000) : 18-30.

Sutherland, John. "Who is Helen Graham ?" *Is Heathcliff a Murderer ?* Oxford : Oxford University Press, 1996. 73-77.

Takahashi, Hiroshi.（高橋宏）"*The Tenant of Wildfell Hall* by Anne Brontë."『大阪樟蔭女子大学英米文学会誌』12（1975年）：7-14.

Thormahlen, M. "The Villain of *Wildfell Hall* : Aspects and Prospects of Arthur Huntingdon." *Modern Language Review* 88 (1993) : 831-841.

Villacañas Palomo, Beatriz. "Anne Brontë : The Triumph of Realism over Subjectivity." *Revista Alicantina de Estudios Ingleses* 6 (1993) : 189-199.

——. "*The Tenant of Wildfell Hall* : The Revolt of the "Gentlest Brontë." *Revista Canavia de Estudios Ingleses* 29 (1994) : 187-196.

Visick, Mary. "Anne Brontë's Last Poem." *Brontë Society Transactions* 13 (1959) : 352-356.

山口弘恵 "A Study of Anne Brontë : Her Position among the Brontës."『武蔵野女子大学英文学会／武蔵野英米文学』13（1980年）：41-52.

Whittome, Timothy. "The Impressive Lessons of *Agnes Grey.*" *Brontë Society Transactions* 21. 2-3 (1993) : 33-41.

Vivantes 39-1 (1973) : 59-62.

McMaster, Juliet. " 'Imbecile Laughter' and 'Desperate Earnest' in *The Tenant of Wildfell Hall.*" *Modern Language Quarterly* 43. 4 (1982) : 352-368.

Meyer, Susan. "Words on "Great Vulgar Sheets" : Writing and Social Resistance in Anne Brontë's *Agnes Grey.*" *The New Nineteenth Century : Feminist Reading of Underread Victorian Fiction*. Eds. Barbara Lea Harman and Susan Meyer. New York : Garlamd Publishing Inc., 1996.

McHugh, Heather. "Anne Brontë's 'To Cowper' " *Paris Review* 154 (2000) : 202-205.

Moore, George. "Conversations in Ebury Street", *The Collected Works of George Moore*. vol. 20. chap. 27. Reprint. Reproduced by Rinsen Book Co., Kyoto, 1983.

Nelson, Jane Gray. "First American Review of the Works of Charlotte, Emily, and Anne Brontë." *Brontë Society Transactions* 14. 4 (1964) : 39-44.

Newey, Katherine M. "Economies in *The Tenant of Wildfell Hall.*" *Brontë Society Transactions* 19. 7 (1989) : 293-300.

Newman, Hilary. "Animals in *Agnes Grey.*" *Brontë Society Transactions* 21. 6 (1996) : 237-242.

Nunokawa, Jeff. "Sexuality in the Victorian Novel." *The Cambridge Companion to the Victorian Novel.* Ed. Deidre David. Cambridge : Cambridge University Press, 2001. 125-148.

O' Toole, Tess. "Siblings and Suitors in the Narrative Architecture of *The Tenant of Wildfell Hall.*" *Studies in English Literature 1500-1900* 39. 4 (1999) : 715-731.

Paige, Lor A. "Helen's Diary Freshly Considered." *Brontë Society Transactions* 20. 4 (1991) : 225-227.

Peterson, Nancy J. "The Marmion Scene in *The Tenant of Wildfell Hall.*" *American Notes & Queries* 23. 7-8 (1985) : 105-106.

Poole, Russell. "Cultural Reformation and Cultural Reproduction in Anne Brontë's *The Tenant of Wildfell Hall.*" *Studies in English Literature 1500-1900* 33 (1993) : 859-873.

Regaignon, Dara Rossman. "Instructive Sufficiency : Re-reading the Governess through *Agnes Grey.*" *Victorian Literature and Culture* 29. 1 (2001) : 85-108.

Sellars, Jane. "Art and Artist as Heroine in the Novels of Charlotte, Emily and Anne Brontë." *Brontë Society Transactions* 20. 2 (1990) : 57-76.

Senf, Carol A. "*The Tenant of Wildfell Hall*—Narrative Silences and Questions of Gender." *College English* 52. 4 (1990) : 446-456.

Shaw, Marion. "Anne Brontë : A Quiet Feminist." *Brontë Society Transactions* 21. 4 (1994) : 125-135.

学研究論集』20. 1（1989年）：11-18.

Jacobs, Naomi M. "Gender and Layered Narrative in *Wuthering Heights* and *The Tenant of Wildfell Hall.*" *The Journal of Narrative Technique* 16. 3 (1986) : 204-219.

Jackson, Arlene M. "The Question of Credibility in Anne Brontë's *The Tenant of Wildfell Hall.*" *English Studies* 63. 3 (1982) : 198-206.

Jackson, Rebecca L. "Women as Wares : Reading the Rhetoric of Economy in Anne Brontë's *The Tenant of Wildfell Hall.*" *Conference of College Teachers of English Studies* 60 (1996) : 57-64.

Kawasaki, Akiko.（川崎明子）"Alice Grey and Helen Huntingdon : Anne Brontë's Healthy 'Working' Mothers."『リーディング』26 (2005年)：70-82.

Kostka, Edith A. "Narrative Experience as a Means to Maturity in Anne Brontë's *The Tenant of Wildfell Hall.*" *Connecticut Review* 14. 2 (1992) : 41-47.

Kunert, Janet. "Borrowed Beauty and Bathos : Anne Brontë, George Eliot, and 'Mortification' " *Research Studies* 46. 4 (1978) : 237-247.

Langland, Elizabeth. "The Voicing of Feminine Desire in Anne Brontë's *The Tenant of Wildfell Hall.*" *Gender and Discourse in Victorian Literature and Art.* Eds. Antony H. Harrison and Benerly Taylor. DeKalb : Northern Illinois University Press, 1992. 113-123.

Leach, Alexandra. " 'Escaping the Body's Gaol' : The Poetry of Anne Brontë." *Victorian Newsletter* 101 (2002) : 27-31.

Lin, Lidan. "Voices of Subversion and Narrative Closure in Anne Brontë's *The Tenant of Wildfell Hall.*" *Brontë Studies* 27. 2 (2002) : 131-137.

Losano, Antonia. "The Professionalization of the Woman Artist in Anne Brontë's *The Tenant of Wildfell Hall.*" *Nineteenth-Century Literature* 58 (2003) : 1-41.

前田有紀「Home Sweet Home : Duality of Home in *Agnes Grey*」『慶應義塾大学大学院／Colloquia』11 (1990) : 6-14.

MacGregor, Catherine. "I Cannot Trust Your Oaths and Promises : I Must Have a Written Agreement' : Talk and Text in *The Tenant of Wildfell Hall.*" *Dionysos : The Literature and Addiction TriQuarterly* 4. 2 (1992) : 31-39.

Matus, Jill. "*Agnes Grey* and the 'animal side of life.' " *Unstable Bodies : Victorian Representations of Sexuality and Maternity.* Manchester University Press, 1995. 90-112.

Maunsell, Melinda. "The Hand-Made Tale : Hand Codes and Power Transactions in Anne Brontë's *The Tenant of Wildfell Hall.*" *Victorian Review* 23. 1 (1997) : 43-61.

Meier, T. K. "*The Tenant of Wildfell Hall* : Morality as Art." *Revues de Langues*

Transactions 19. 6(1988) : 251-260.

Duguid, L. "Accessories to Assault—*The Tenant of Wildfell Hall* BBC2." *Times Literary Supplement* Nov. 22, 1996 (1996) : 20.

Easson, Angus. "Anne Brontë and the Glow-Worms." *Notes and Queries* 26 (1979) : 299-300.

Ekeblad, Inga-Stina. "*The Tenant of Wildfell Hall* and *Women Beware Women*." *Notes and Queries* 10 (1983) : 449-450.

Frawley, Maria. "The Female Saviour in *The Tenant of Wildfell Hall*." *Brontë Society Transactions* 20. 3 (1991) : 133-143.

Freeman, Janet H. "Discord in the Personage : or, How to Speak (or Not Speak) for Yourself : *Agnes Grey and Jane Eyre*." *Brontë Society Transactions* 22 (1997) : 65-71.

——. "Telling over *Agnes Grey*." *Cahiers Victoriens et Edouardiens* 34 (1991) : 109-126.

Gay, Penny. "Anne Brontë and the Forms of Romantic Comedy." *Brontë Society Transactions* 23. 1 (1998) : 54-62.

——. "Miss Anne Brontë, Miss Jane Austen and the Forms of Romantic Comedy." *Imperfect Apprehensions : Essays in English Literature in Honour of G. A. Wilkes.* Sydney : Challis, 1996. 202-212.

Gérin, Winifred. "Introduction." *The Tenant of Wildfell Hall.* Harmondsworth : Penguin, 1979.

Goreau, Angeline. "Introduction." *Agnes Grey.* Penguin, 1988. 6-47.

Gordon, Jan B. "Gossip, Diary, Letter, Text : Anne Brontë's Narrative Tenant and the Problematic of the Gothic Sequel." *English Literary History* 51. 4 (1984) : 719-745.

Higuchi, Akiko.（樋口陽子）"Anne Brontë's Song Book—Rewritten in Print from Her Handwritten Manuscript with Some Notes and a Short Bibliography on the Texts, Authors and Composers—"『慶應義塾大学　日吉紀要　英語英米文学』26 (1995年) : 117-168.

——. "The Brontës and Music, 3. Anne Brontë's Novels and Music."『鹿児島国際大学国際文化学部論集』2. 2（2001年）：17-49.

——. "The Brontës and Music, 2. Anne Brontë and Music"『鹿児島国際大学国際文化学部論集』2. 1（2001年）：1-35.

——. "Comments on Several Verses in Anne Brontë's Song Book."『慶應義塾大学日吉紀要　英語英米文学』33（1998年）：133-150.

Inglesfield, Robert. "Introduction." *Agnes Grey.* Oxford : Oxford University Press, 1991. (World's Classics)

Ishioka, Kokichi.（石岡孝吉）"Unique Anne Brontë in her Novels."『椙山女学園大

Bellamy, Joan. "*The Tenant of Wildfell Hall*: What Anne Brontë Knew and What Modern Readers Don't." *Brontë Studies: The Journal of the Brontë Society* 30.3 (2005): 255-257.

Berg, Maggie. " 'Hapless Dependents' : Women and Animals in Anne Brontë's *Agnes Grey*." *Studies in the Novel* 34. 2 (2002): 177-197.

Berg, Margaret Mary. "*The Tenant of Wildfell Hall*—Anne Brontë's *Jane Eyre*." *Victorian Newsletter* 71 (1987): 10-15.

Berry, Laura C. "Acts of Custody and Incarceration in *Wuthering Heights* and *The Tenant of Wildfell Hall*." *Novel* 30. 1 (1996): 32-55.

Brook, Susan. "Anne Brontë at Blake Hall." *Brontë Society Transactions* 13 (1958): 239-250.

Bullock, Meghan. "Abuse, Silence, and Solitude in Anne Brontë's *The Tenant of Wildfell Hall*." *Brontë Studies* 29. 2 (2004): 135-141.

Butterworth, Robert D. "The Professional Adrift in the Victorian Novel: (1) *Agnes Grey*." *Victorian Newsletter* 104 (2003): 13-17.

Carnell, Rachel. K. "Feminism and the Public Sphere in Anne Brontë's *The Tenant of Wildfell Hall*." *Nineteenth-Century Literature* 53. 1 (1998): 1-24.

Chitham, Edward. "Diverging Twins: Some Clues to *Wildfell Hall*." Chitham and Tom Winnifrith. *Brontë Facts and Brontë Problems*. London: Macmillan, 1983. 91-109.

——. "Religion, Nature and Art in the Works of Anne Brontë." *Brontë Society Transactions* 24. 2 (1999): 129-145.

Clapp, Alisa M. "The Tenant of Patriarchal Culture: Anne Brontë's Problematic Female Artist." *Michigan Academician* 28. 2 (1996): 113-122.

Colon, Christine. "Enacting the Art of Moral Influence: Religion and Social Reform in the Works of Anne Brontë." *Women's Writing* 11. 3 (2004): 399-419.

Connor, Margaret. "The Rescue: James La Trobe and Anne Brontë." *Brontë Society Transactions* 24. 1 (1999): 55-65.

Costello, Priscilla H. "A New Reading of Anne Brontë's *Agnes Grey*." *Brontë Society Transactions* 19 (1987): 113-118.

Davies, Stevie. "The Pilgrimage of Anne Brontë: A Celebration of Her Life and Work." *Brontë Society Transactions* 25. 1 (2000): 9-17.

Diederich, Nicle A. "The Art of Comparison: Remarriage in Anne Brontë's *The Tenant of Wildfell Hall*." *Rocky Mountain Review of Language and Literature* 57. 2 (2003): 25-41.

Drewery, A. J. "*The Tenant of Wildfell Hall*: A Woman's Place?" *Brontë Society*

2006.

Nash, Julie and Suess, Barbara A. Eds. *New Approaches to the Literary Art of Anne Brontë*. Aldershot, UK : Ashgate, 2001.

Jay, Betty. *Anne Brontë*. Tavistock, UK : Northcote, 2000.

Langland, Elizabeth. *Anne Brontë : The Other One*. London : Macmillan, 1989.

Liddell, Robert. *Twin Spirits : The Novels of Emily and Anne Brontë*. London : Peter Owen, 1990.

McNees, Eleanor. Ed. *The Brontë Sisters. Critical Assessments*. 4 vols. Mountfield, UK : Helm Information, 1996.

Moers, Ellen. *Literary Women*. 1976. London : Women's Press, 1986. 青山誠子訳『女性と文学』研究社、1978年。

Pinion, F. B. *A Brontë Companion : Literary Assessment, Background and Reference*. London : Macmillan, 1975.

Scott, P. J. M. *Anne Brontë : A New Assessment*. London : Vision and Totowa : Barnes & Noble Books, 1983.

Showalter, Elaine. *A Literature of Their Own*. Princeton : Princeton University Press, 1977.

Stevenson, W. H. *Emily and Anne Brontë*. London : Routledge & Kegan Paul, 1968.

Summers, Mary. *Anne Brontë : Educating Parents*. Beverley, UK : Highgate, 2003.

Torgerson, Beth. *Reading the Brontë Body : Disease, Desire, and the Constraints of Culture*. New York : Palgrave Macmillan, 2005.

Williams, Merryn. *Women in the English Novel, 1800-1900*. New York : St. Martin's Press, 1984. 鮎澤乗光、原公章、大平栄子訳『女性たちのイギリス小説』南雲堂、2005年。

英文（論文）

Andrews, Sir Linton. "A Challenge by Anne Brontë." *Brontë Society Transactions* 14. 5 (1965) : 25-30.

Baldridge, Cates. "*Agnes Grey*—Brontë's Buildungsroman That Isn't." *Journal of Narrative Technique* 23. 1 (1993) : 31-45.

Banerjee, Jacqueline. "The Legacy of Anne Brontë in Henry James's *The Turn of the Screw*." *English Studies* 6 (1997) : 532-544.

Barnard, Robert. "Anne Brontë : The Unknown Sister." *Edda : Nordisk Tidssknift for Litteraturforskning* (1978) : 33-38.

Bell, A. Craig. "Anne Brontë : A Re-Appraisal" *The Brontë Sisters : Critical Assessments*. vol. 2, Ed. Eleanor McNees. Mountfield, UK : Helm Information, 1996. 464-469.

2．研究書

英文（単行本）

Alexander, Christine and Sellers, Jane. *The Art of the Brontës.* Cambridge : Cambridge University Press, 1995.

Alexander, Christine and Smith, Margaret. *The Oxford Companion to the Brontës.* Oxford : Oxford University Press, 2003.

Allott, Miriam. Ed. *The Brontës : Critical Heritage.* London : Routledge & Kegan Paul, 1974.

Barker, Juliet. *The Brontës.* New York : St. Martin's Press, 1994.　中岡洋・内田能嗣監訳『ブロンテ家の人々』（上）（下）彩流社、2006年。

Berry, Elizabeth Hollis. *Anne Brontë's Radical Vision : Structures of Consciousness.* Victoria, Canada : University of Victoria, 1994.

Chitham, Edward. *A Life of Anne Brontë.* Oxford : Blackwell, 1991.

Chitham, Edward and Winnifrith, Tom. *Brontë Facts and Brontë Problems.* London : Macmillan, 1983.

Eagleton, Terry. *Myths of Power : A Marxist Study of the Brontës.* London : Macmillan, 1975.　大橋洋一訳『テリー・イーグルトンのブロンテ姉妹』晶文社、1990年。

Ewbank, Inga-Stina. *Their Proper Sphere : A Study of the Brontë Sisters as Early-Victorian Female Novelists.* London : Edward Arnold, 1966.

Frawley, Maria H. *Anne Brontë.* New York : Twayne, 1996.

Gaskell, Elizabeth. *The Life of Charlotte Brontë.* 1857, Harmondsworth : Penguin, 1975.　中岡洋訳　ブロンテ全集12『シャーロット・ブロンテの生涯』みすず書房、1995年。山脇百合子訳　ギャスケル全集７『シャーロット・ブロンテの生涯』大阪教育図書、2005年。

Gerin, Winifred. *Anne Brontë.* London : Allen Lane Penguin Books, 1959.

Gilbert, Sandra M. and Gubar, Susan. *The Madwoman in the Attic : The Woman Writer and the Nineteenth-century Literary Imagination.* New Haven : Yale University Press, 1979.　山田晴子、薗田美和子訳『屋根裏の狂女―ブロンテと共に』朝日出版社、1986年。

Glen, Heather. *The Cambrige Companion to the Brontës.* Cambridge : Cambridge University Press, 2002.

Gordon, Felicia. *A Preface to the Brontës.* London : Longman, 1989.

Harrison, Ada and Stanford, Derek. *Anne Brontë : Her Life and Work.* London : Methuen, 1959.

Ingham, Patricia. *The Brontës : Author in Context.* Oxford : Oxford University Press,

アン・ブロンテ関連　主要参考文献

1．テクスト：小説、詩、手紙、日誌（Diary Papers）

小説

Brontë, Anne. *Agnes Grey*. Ed. Hilda Marsden and Robert Inglesfield. Oxford : Oxford University Press, 1988.

Brontë, Anne. *The Tenant of Wildfell Hall*. Ed. Herbert Rosengarten. Oxford : Oxford University Press, 1992.

詩

Brontë, Anne. *The Poems of Anne Brontë*. Ed. Edward Chitham. London : Macmillan, 1979.

手紙と日誌（Diary Papers）

Smith, Margaret. Ed. *The Letters of Charlotte Brontë with a Selection of Letters by Family and Friends*, vol. 1. 1829-1847. Oxford : Oxford University Press, 1995.

Smith, Margaret. Ed. *The Letters of Charlotte Brontë with a Selection of Letters by Family and Friends*, vol. 2. 1848-1851. Oxford : Oxford University Press, 2000.

日本語訳

ブロンテ全集８『アグネス・グレイ』鮎澤乗光訳、みすず書房、1995年。

ブロンテ全集９『ワイルドフェル・ホールの住人』山口弘恵訳、みすず書房、1996年。

ブロンテ全集10『詩集』（アン・ブロンテ　森松健介訳)、みすず書房、1996年。

『アグネス・グレイ』田中晏男訳、京都修学社、2001年。

『アン・ブロンテ全詩集』藤木直子訳、大阪教育図書、1998年。

VHS（BBC 放送製作のテレビドラマ）

Harrison, Suzan. Adapt. *The Tenant of Wildfell Hall*. By Anne Brontë. Dir. Mike Barker. Perf. Tara Fitzgerald, Rupert Graves and Toby Stephens. BBC Video, 1996.

5） 以上の出版年月については、中岡洋／内田能嗣編『ブロンテ姉妹を学ぶ人のために』（世界文化社、2005年）所収の松田千穂「ブロンテ姉妹年譜」を参照した。

6） Anne Brontë to E. Nussey, 26 January 1848, *The Letters*, vol. 2, 19-20.

7） Anne Brontë to Ellen Nussy, 5 April 1849, *The Letters*, vol. 2, 194-196.

8） 原文は " 'The one experience I shall never describe' I said to Vita yesterday." Tuesday 23 November, *The Diary of Virginia Woolf*. Vol. 3, ed. Anne Olivier Bell, assisted by Andrew McNeillie (New York : Harcourt Brace Jovanovich, 1980) 117.

9） Scott 7.

10） "A Short Account of the Last Days of Dear A. B. by Ellen Nussey," Appendice Ⅰ, *The Letters*, vol. 2, 739-741.

11） 原文は、"If finite power can do this, what is the . . . ?"

12） 森松健介「アンとハーディの類似性」『Brontë Newsletter of Japan』35 : 1.

13） 原文は、"Take courage, Charlotte" "take courage"。

14） 原文は、"Courage, Lucy Snowe !" Charlotte Brontë, *Villette* (Oxford : Oxford University Press, 1984) 522.

15） Edward Chitham, *A Life of Anne Brontë* (Oxford : Blackwell, 1991) 51-55.

16） Maria Frawley, "Contextualizing Anne Brontë's Bible," *New Approaches to the Literary Art of Anne Brontë* 1.

17） Ibid. 1-13.

18） デイヴィッド・トム師と万人救済説についてはAppendice 1, 2, 3, *The Letters*, vol. 2, 161およびクラレンドン版の *The Tenant of Wildfell Hall* の AppendixⅢ "Anne Brontë's Views on Universal Salvation" 参照。

19） Anne Brontë to Revd D. Thom, 30 December 1848, *The Letters*, vol. 2, 160-161.

内の愛」として、読むべきであろう。

13）原題はなし。書き出しは “The lady of Alzerno’s hall”（アルゼルノの館の奥方は）。

14）原題は “The Parting”。

15）原題は “Alexander and Zenobia”。

16）原題は “A Fragment”。詩集（1846）出版時の題は “Self-Congratulation”。森松訳はこれにしたがって、「自己への祝福」としている。

17）原題は “Night”。

18）原題は “The Bluebell”。

19）Chitham 42.

20）原題は “Lines Composed in a Wood on a Windy Day”。

21）Frawley, *Anne Brontë* 64.

22）原題はどちらも “Song”。

23）原題はなし。1846年の詩集所収時の題は “Views of Life”（いくつかの人生観）書き出しは、“When sinks my heart in hopeless gloom,”（私の心が望みなき憂鬱に沈むとき）

24）原題は “The Three Guides”。

25）原題はなし。1846年の詩集では、“Fluctuations”（動揺）。書き出しは “What though the sun had left my sky ; ”（たとえ太陽が私の空を去ったとしても）。

26）内田能嗣編、『ブロンテ姉妹小辞典』（研究社、1998）127-130.

27）Scott 7.

第五章　アン・ブロンテの手紙

手紙のテクストは、Margaret Smith, ed. *The Letters of Charlotte Brontë with a Selection of Letters by Her Families and Friends*, vol. 1, 1829-1847（Oxford : Oxford University Press, 1995）および vol. 2, 1848-1851（Oxford : Oxford University Press, 2000）を用いた。日本語訳はすべて著者による。

1）To Ellen Nussey, 10 December 1848, *The Letters*, vol. 2, 152-153.

2）現実のガヴァネスの体験記録（Ellen Weeton, *Miss Weeton’s Journal of a Governess*, 1807-1825）をもとに、『アグネス・グレイ』を読み解いた論文に、現実に元ガヴァネスと元生徒の文通があったという実例が紹介されている。James R. Simmons, Jr., “Class, Matriarchy, and Power : Contextualizing the Governess,” Julie Nash and Barbara A. Suess, ed., *New Apporoaches to the Literary Art of Anne Brontë* (Aldershot, UK : Ashgate, 2001) 42.

3）Anne Brontë to Ellen Nussey, 4 October 1847, *The Letters*, vol. 1, 544-545.

4）*The Letters*, vol. 1, 545. note 6.

Essays, A Critical Edition (New Haven : Yale University Press, 1996), edited and translated by Sue Lonoff 177.

25） *The Letters*, vol. 1, 407-409.

26） Ibid., 409-411.

27） 森松健介「アン・ブロンテの篤実な信仰と神への恨み」『ヴィジョンと現実—十九世紀英国の詩と批評』（中央大学出版部、1997年）387-397.

28） To Margaret Wooler, 30 January 1846, *The Letters*, vol. 1, 447-449.

29） Elizabeth Gaskell, *The Life of Charlotte Brontë* (1857 ; Harmondsworth : Penguin, 1975) 230.

30） アン・ブロンテはソープ・グリーンのロビンソン家の娘たちに初歩のラテン語を教えていた。Barker 435.

31） Virginia Woolf, "*Jane Eyre and Wuthering Heights*," *The Common Reader* (London : Hogarth Press, 1925).

第四章　アン・ブロンテの詩

詩のテクストは、Edward Chitham, ed., *The Poems of Anne Brontë* (London, Macmillan, 1979）を用い、引用のあとに詩の番号と行数を示した。詩の題名と日本語訳は、著者による。

1） 原題は "Call Me Away"

2） Scott.

3） Langland.

4） Maria H. Frawley, *Anne Brontë* (London : Twayne, 1996).

5） Elizabeth Hollis Berry も、Derek Stanford も取り上げていない。Berry. Harrison and Stanford.

6） Edward Chitham, ed., *The Poems of Anne Brontë : A New Text and Commentary* (London : Macmillan, 1979) 182.

7） ブロンテ全集10『詩集』483.

8） 原題はなし。書き出しは、"A dreadful darkness closes in"（恐ろしい暗闇が迫ってきます）。

9） Scott 45-46.

10） 原題はなし。書き出しは、"O God ! If this indeed be all"（おお神よ！　もしこれが本当にすべてなら）。

11） 原題は "Self-Communion"。

12） friendship　friend は友人だけでなく、近親者、身内などの意味をもつため、friendship を「友愛」と訳すのでは十分にその意が伝わらない。エミリ・ブロンテの詩 "Love and Friendship" の friendship も同様に「友愛」ではなく、「身

Second Edition (London : Oxford University Press, 1952), Letter 78. 1 : 504.

11） Commire 1422-1423. Helsinger 8-25. Perkin 26-28.

12） Felicia Gordon 175-177 および 214. Williams 101-105.

13） セツルメントの原語は settlement、婚姻継承的財産設定の原語は marriage settlement。

14） Barbara Leigh Smith Bodichon, "A Brief Summary in Plain Languages of the Most Important Laws Concerning Women," Candida Ann Lacey ed., *Barbara Leigh Smith Bodichon and the Langham Place Group* (New York ; Routledge, 1987) 25-26.

15） 以下、コモン・ロー（common law)、衡平法（equity)、婚姻継承的財産設定については、Perkin 10-19。シャーロット・ブロンテの婚姻継承的財産設定については、Juliet R. V. Barker, "Subdued Expectations : Charlotte Brontë's Marriage Settlement," *Brontë Society Transactions* 19. 1-2 (1986) : 33-39、川田秀子「シャーロット・ブロンテの結婚と愛—マリッジ・セツルメントと遺言をめぐって」『ブロンテ・スタディーズ』第２巻第１号（1992年）：31-42、青山誠子『ブロンテ姉妹：女性作家たちの十九世紀』（朝日新聞社、1995年）355-367. 参照。

16） Juliet Barker, *The Brontës* (New York : St. Martin's, 1994) 341-342. To Ellen Nussey, [12 November 1840], *The Letters*, vol. 1, 231. Summers 83-84.

17） To Ellen Nussey, [?4 April 1847], *The Letters*, vol. 1, 521-522.

18） 植松みどり、「『嵐が丘』論—遙かなる脱出への祈り」、『英文学研究』第62巻第１号（1985)、35-47。

19） Brantlinger and Thesing, *A Companion to the Victorian Novel* 110-111.

20） ジョーン・ベラミーは、アーサーとヘレンの行動が当時のジェンダー不平等の法律の下でそれぞれどのような意味をもつかをわかりやすく解説しているが、親権委任の同意書についてもマイアズ嬢の登場についても言及していない。Joan Bellamy, "*The Tenant of Wildfell Hall* : What Anne Brontë Knew and What Modern Readers Don't," *Brontë Studies* 30 (2005) : 255-257.

21） たとえば、John Sutherland, *Is Heathcliff a Murderer ?* (Oxford : Oxford University Press, 1996）53-58.

22） E. F. J. Tucker, "Land Law and Inheritance in *Wuthering Heights*," Appendix VI, Hilda Marsden and Ian Jack ed., *Wuthering Heights*, 498-499.

23） 大田美和「『嵐が丘』における二つの力の対立」、*New Perspective* 20.4 (1989) ：2-10.

24） 原文は "la création entière est également insensée." Emily J. Brontë, [Devoir] Le Papillon. Le 11 Août 1842, Charlotte Brontë and Emily Brontë, *The Belgian*

すこともある。

8) Guardianship of Infants Act, 1886, 1925.

9) 年表作成にあたって参考にした資料を以下に列挙する。Chris Cook and John Stevenson, *The Longman Handbook of Modern British History 1714-2000* Forth Edition (Longman, 2001) 177-179. Felicia Gordon. Elizabeth K. Helsinger, Robin Lauterback Sheets, and William Veeder, *The Woman Question : Social Issues, 1837-1883, The Woman Question : Society and Literature in Britain and America, 1837-1883*, vol. 2 (New York : Garland, 1983) 3-55. Phillip Mallett, "Women and Marriage in Victorian Society," Elizabeth Craik, ed., *Marriage and Property : Women and Marital Customs in History* (1984, Aberdeen : Aberdeen University Press, 1991) 159-189. Joan Perkin, *Women and Marriage in Nineteenth-Century England* (London : Routledge, 1989). 青山誠子『ブロンテ姉妹：女性作家たちの十九世紀』（朝日新聞社、1995年）355-367. 内田能嗣編『ブロンテ姉妹小事典』（研究社、1998年）九　アン・ブロンテ研究法（担当：鮎澤乗光）。中岡洋『『嵐が丘』を読む』（開文社、2003年）の年表。

10) ドロシー・トムプソン『階級・ジェンダー・ネイション—チャーティズムとアウトサイダー』（ミネルヴァ書房、2001年）、第六章「ヴィクトリア女王」261-271。ジョージ四世と王妃キャロラインは、王女が生まれるとすぐ合意の上別居し、それぞれ公然と恋人をもっているし、この事件には政治的党派の対立など複雑な政治的背景も絡んでいる。しかし、ドロシー・トムプソンが指摘するとおり、王妃は明らかに男性による圧政の犠牲者、男女を差別した性道徳の二重規範の犠牲者ともみなされた。つまり、強調すべきは、夫婦がお互いに結婚の誓いを破っているとしても、女だけが姦通罪に問われ、男だけが簡単に女を離婚できるという現状に対して、国民から王妃に対し同情の声が上がったということである。ジェイン・オースティンも手紙の中で、皇太子妃時代のキャロラインに対して、以下のように同情を示している。「イングランド中の人たちが皇太子妃の手紙に対して判決を下そうとしているようですね。この可哀想な女性を私はできるだけ長く支持するつもりです。なぜなら彼女は女性ですから。それに、私は彼女の夫を憎んでいますから。とはいえ、私は彼女が憎むべき男性に愛着と愛情を感じていたと告白していることが許せません。彼女とオックスフォード夫人の間にあると言われている親密な関係はよくないものです。それについてはどうしたらいいのかわかりません。でも、もし私が皇太子妃を見捨てることになるとしても、皇太子の彼女に対する最初の振る舞いが許容できるものであったなら、彼女は地位にふさわしく立派に振る舞ったであろうと、少なくともいつも信じるつもりです。」 To Martha Lloyd, Tuesday 16 Feb. R.W. Chapman, ed., *Jane Austen's Letters to Her Sister Cassandra and Others.*

28) Ibid., 74.
29) Scott 86.
30) 内田能嗣編『ブロンテ姉妹小事典』(研究社、1998年) 九　アン・ブロンテ研究法 (担当：鮎澤乗光)、A. J. Drewery, "*The Tenant of Wildfell Hall*: A Woman's Place ?" *Brontë Society Transactions* 19. 6 (1988) 参照。
31) Elaine Showalter, *A Literature of Their Own* (Princeton : Princeton University Press, 1977) 128.
32) Nancy J. Peterson, "The Marmion Scene in *The Tenant of Wildfell Hall*," *American Notes & Queries* 23. 7-8 (1985) : 105-106.
33) Drewery 253. 参照。
34) Elizabeth Signorotti, " 'A Flame Perfect and Glorious' : Narrative Structure in Anne Brontë's *The Tenant of Wildfell Hall*", *Victorian Newsletter* 87 (1995) : 23. ただし、シニョロッティは、ギルバートを成長しない人物とみなしている。
35) ラッセル・プールは、『ワイルドフェル・ホールの住人』は文化や社会の改良と再生産を同時に行うテクストであると論じている。Russell Poole, "Cultural Reformation and Cultural Reproduction in Anne Brontë's *The Tenant of Wildfell Hall*," *Studies in English Literature, 1500-1900* 33 (1993) : 859-873.
36) To G. H. Lewes, 12 January 1848, *The Letters*, vol. 2, 10.
37) *The Tenant of Wildfell Hall* クラレンドン版の Introduction 参照。
38) Ada Harrison and Derek Stanford, *Anne Brontë : Her Life and Work* (London : Methuen, 1959) 223.
39) BBC Video, *The Tenant of Wildfell Hall*, produced by Suzan Harrison, Directed by Mike Barker, Starring Tara Fitzgerald, Rupert Graves and Toby Stephens, 1996.
40) 原語は in medias res。

第三章　『ワイルドフェル・ホールの住人』から見た『嵐が丘』の眺め
1) Edward Chitham, "Diverging Twins : Some Clues to *Wildfell Hall*," Chitham and Winnifrith 91-109.
2) Naomi M. Jacobs.
3) C. P. Sanger, *The Structure of Wuthering Heights* (1926 ; Folcroft Library Editions, 1972). A. J. Drewery.
4) Custody of Infants Act, 1839.　これを幼児保護法と訳すこともある。
5) Custody of Infants Act, 1873.
6) Divorce and Matrimonial Causes Act, 1857.
7) Married Women's Property Act, 1870, 1882, 1884, 1925.　これを妻財産法と訳

13)　石塚虎雄『ブロンテ姉妹論』(篠崎書林、1982年) 348.

14)　Scott 31.

15)　Scott 86.

16)　Langland 144-145.

17)　廣田稔「『ワイルドフェル・ホールの住人』」、青山誠子、中岡洋編『ブロンテ研究』(開文社、1983) 209.

18)　石塚 327-328.

19)　Gilbert and Gubar 81.

20)　Langland 122. gossipについての分析は、Jan B. Gordon, "Gossip, Diary, Letter, Text : Anne Brontë's Narrative Tenant and the Problematic of the Gothic Sequel," *English Literary History* 51. 4 (1984) : 719-745に詳しい。

21)　クラレンドン版のAppendix Ⅲ, "Anne Brontë's View on Universal Salvation."

22)　たとえば、Naomi M. Jacobs, "Gender and Layered Narrative in *Wuthering Heights* and *The Tenant of Wildfell Hall*," *The Journal of Narrative Technique* 16. 3 (1986) : 204-219参照。

23)　たとえば、Scott参照。

24)　ワールドクラシックス版の *The Tenant of Wildfell Hall* の Introduction by Margaret Smith xxiii. 参照。

25)　チェスの場面については、マーガレット・スミスは、この場面での言葉や行為の意味の二重性に注目しているし、P. J. M. スコットは、賭けられているのはヘレンの名誉だと論じている。両者ともに、この場面がジェームズ朝演劇を思わせると指摘し、前者は特に、ミドルトンの戯曲『女は女に気をつけろ』(*Woman Beware Woman*) のチェスの場面の影響を示唆しているが、残念なことに両者ともにこの場面を十分には論じていない。ワールドクラシックス版のIntroduction 23. およびScott 110.『ワイルドフェル・ホールの住人』と『女は女に気をつけろ』の対応関係を初めて指摘したのは、インガ=スティナ・イークブラッドである。彼女は、ヘレンのチェスの場面では、客をもてなす夫妻というありふれた構図の上に、夫の姦通と夫の友人による妻の誘惑という構図が重ねられているのに対して、『女は女に気をつけろ』の第2幕第2場では、舞台手前にチェスに興じる二人を置き、舞台奥に公爵によるヒロインの誘惑を配置するという構図が取られていると述べて、両作品の対応関係を論じている。Inga-Stina Ekeblad, "*The Tenant of Wildfell Hall* and *Woman Beware Woman*," *Notes and Queries* 10 (1963) : 449-450.

26)　Jane Sellars, "Art and Artist as Heroine in the Novels of Charlotte, Emily and Anne Brontë," *Brontë Society Transactions* 20. 2 (1990) : 59-61.

27)　Ibid., 73-74.

ングランド：ビートルズから世界遺産まで』〈旅名人ブックス 66〉（日経BP企画、2004年）234-238.

28） Berry 67.

第二章 『ワイルドフェル・ホールの住人』

テクストは、Anne Brontë, *The Tenant of Wildfell Hall*, ed. by Herbert Rosengarten (Oxford : Oxford University Press, 1992)。以下、本書からの引用は、このクラレンドン版によるものとする。日本語訳はすべて著者による。

1） アン・ブロンテについてのこのような誤解について、ギルバートとグーバーは、「アン・ブロンテの『ワイルドフェル・ホールの住人』(1848) は、キリスト教的価値観を支持しているという点で通常、保守的な作品とみなされているが、実は女性の解放の物語を語っている」と述べている。Sandra M. Gilbert and Susan Gubar, *The Madwoman in the Attic : The Woman Writer and the Nineteenth-century Literary Imagination* (New Haven : Yale University Press, 1979) 80. 邦訳 山田晴子、薗田美和子訳『屋根裏の狂女—ブロンテと共に』(朝日出版社、1986年)。

2） Langland. 特に、第6章参照。

3） "Biographical Notice of Ellis and Acton Bell" by Currer Bell, クラレンドン版の *Wuthering Heights*, Appendix Ⅰ.

4） 以上の出版史については、クラレンドン版の *The Tenant of Wildfell Hall* の Introduction 参照。

5） P. J. M. Scott, *Anne Brontë : A New Asssessment* (London : Vision and Totowa : Barnes & Noble, 1983) 7.

6） Anne Brontë to Ellen Nussey, 5 April 1849, *The Letters*, vol. 2, 194-196.

7） Scott 80.

8） エレン・ナッシーがアンのことを "dear gentle Anne" と呼んだのは、以下の記事の中である。この呼称を以後の研究者たちが無批判に使うことになった。"Reminiscences of Charlotte Brontë by 'a schoolfellow' [Ellen Nussey]," *The Letters*, vol. 1, Appendix 598.

9） Langland 30 および 37 参照。

10） Edward Chitham, 'Diverging Twins : Some Clues to *Wildfell Hall*,' Chitham and Winnifrith 91-109.

11） Robert Heilman, "Charlotte Brontë's 'New' Gothic in *Jane Eyre* and *Villette*" (1958), *Charlotte Brontë : Jane Eyre and Villette, A Casebook*, ed., by Miriam Allot (London : Macmillan, 1973).

12） Langland 24. および Summers 86.

と社交性は、彼女が貧しい牧師と結婚する際に捨てた上層中産階級の生活の名残りである」と指摘して、拙論に示唆を与えてくれた。

16） Priscilla H. Costello, “A New Reading of Anne Brontë's *Agnes Grey*,” in *Brontë Society Transactions* 19 (1987) : 115.

17） Costello 117.

18） 松浦京子は、工業化あるいは「近代化」の過程は、家族世帯構造に大きな変化をもたらしたという従来の見方は、イギリスの近世、近代にはあてはまらないと述べている。ここ20年あまりの間に家族・世帯構造についての研究がケンブリッジ大学の研究グループを中心に発展した結果、北西欧、特にイギリス（イングランド）については、工業化以前の近世、そして近代を通じて、核家族が一般的に見られ、常に家族の規模は小さいままで（５人未満）大きな変化はなく、むしろ大規模で複雑な家族は例外であったことなどが実証されているという。井野瀬久美惠編『イギリス文化史入門』（昭和堂、1994年）第７章「子ども・老人・女性」118-119。ただし、核家族に分かれた後の元の親子間の育児支援や介護の実態は、今後の研究課題であるようだ。河村貞枝・今井けい編『イギリス近現代女性史研究入門』青木書店、2006年、221-222.

19） Elizabeth Langland, *Anne Brontë : The Other One* (London : Macmillan, 1989) 109.

20） George Moore, “Conversations in Ebury Street”, *The Collected Works of George Moore*, vol. xx, chap. xxvii (Reprint. Reproduced by Rinsen Book Co., Kyoto, 1983) 235-248.

21） 『英語青年』143. 9（1997年12月号）：514.

22） Ann Radcliffe, *The Mysteries of Udolpho* (1794 ; Oxford : Oxford University Press, 1980)

23） Winifred Gerin, *Anne Brontë* (London : Allen Lane Penguin Books Ltd., 1959) 163.

24） “Lines Composed in a Wood on a Windy Day”, No. 21, 1842年12月30日付、Anne Brontë, *The Poems of Anne Brontë* (London : Macmillan, 1979) 88.

25） “Poem in October” は第三詩集 *The Map of Love* 所収。Dylan Thomas, “Poem in October,” *Collected Poems 1934-1953*, ed. by Walford Davies and Ralph Maud (London : Dent, 1988) 86-88.

26） Elizabeth Hollis Berry, *Anne Brontë's Radical Vision : Structures of Consciousness* (Victoria, Canada : University of Victoria, 1994) 67.

27） Christine Alexander and Margaret Smith, *The Oxford Companion to the Brontës* (Oxford : Oxford University Press, 2003) 442-443. 邸景一著、柳木昭信撮影「スカーボロ：「スカーボロ・フェア」に歌われ「定期市」で栄えた町」『北イ

2) Maria H. Frawley, *Anne Brontë* (New York : Twayne, 1996).

3) Anne Commire, ed., *Dictionary of Women Worldwide : 25,000 Women through the Ages*, vol. 1 (Waterford, US : Yorkin, 2007).

4) John Keats, *The Eve of St. Agnes* (1820).

5) グレイという名字は、ブロンテ姉妹がたびたび引用しているワーズワース（William Wordsworth 1770-1850）の詩に登場するルーシー・グレイ（Lucy Grey）からの命名であると考えてよいだろう。

6) Freeman 125.

7) ブロンテ姉妹の作品や書簡にはキーツからの直接の引用やキーツを読んだ証拠は見あたらないが、エドワード・チタムは、エミリーの詩におけるキーツの「ギリシアの壺に寄せるオード」（"Ode on a Grecian Urn," 1820？）の影響の可能性を指摘している。Edward Chitham, "The Inspiration for Emily's Poetry," Edward Chitham and Tom Winnifrith, *Brontë Facts and Brontë Problems* (London : Macmillan, 1983) 44.

8) "A Short Account of the Last Days of Dear A. B." by Ellen Nussey, Appendice Ⅰ, Margaret Smith, ed., *The Letters of Charlotte Brontë with a Selection of Letters by Family and Friends*. vol. 2 (Oxford : Oxford University Press, 2000) 739.

9) Charlotte Brontë, "Introduction" to "Selections from Poems by Acton Bell," *Wuthering Heights and Agnes Grey* (London : Smith, Elder, 1850), cited in Frawley 20.

10) Emily J. Brontë, Diary Paper [31] July 1845, *The Letters*, vol. 1, 407-408.

11) Anne Brontë, Diary Paper 31 July 1845, *The Letters*, vol. 1, 410.

12) Merryn Williams, *Women in the English Novel, 1800-1900* (New York : St. Martin's, 1984), 101-105. 邦訳　鮎澤乗光、原公章、大平栄子訳『女性たちのイギリス小説』（南雲堂、2005年）

13) ナイーブな比較論を行っているロバート・リデルはもちろん、アンの詩を編纂し、伝記も書いているエドワード・チタムでさえ、この誤りを犯している。Robert Liddell, *Twin Spirits : The Novels of Emily and Anne Brontë* (London : Peter Owen, 1990). Edward Chitham, "Diverging Twins : Some Clues to *Wildfell Hall*," Chitham and Winnifrith 91-109.

14) ファミリーロマンスと女性の自立についての考察は、Carolyn G. Heilbrun, *Hamlet's Mother and Other Women*（New York : Columbia University Press, 1990）の ch. 2 The Biography of Margaret Mead and the Problem of Women's Biography および ch. 3 Freud's Daughters 参照。邦訳　大社淑子訳『ハムレットの母親』（みすず書房、1997年）

15) グレイ夫人とアグネスの違いについて、清水伊津代は、「グレイ夫人の弁舌

注

序　章

1）Deidre David, ed., *The Cambridge Companion to the Victorian Novel* (Cambridge : Cambridge University Press, 2001).

2）Jeff Nunokawa, "Sexuality in the Victorian Novel", Deidre David, ed., *The Cambridge Companion to the Victorian Novel* (Cambridge : Cambridge University Press, 2001) 127-148.

3）Francis O'Gorman, ed., *A Concise Companion to the Victorian Novel* (Malden, US : Blackwell, 2005).

4）Patrick Brantlinger and William B. Thesing, ed., *A Companion to the Victorian Novel* (Malden, US : Blackwell, 2002).

5）Herbert F. Tucker, ed., *A Companion to Victorian Literature and Culture* (Malden, US : Blackwell, 1999).

6）Betty Jay, *Anne Brontë* (Horndon, UK : Northcote House, 2000).

7）Julie Nash and Barbara A. Suess, ed., *New Approaches to the Literary Art of Anne Brontë* (Aldershot, UK : Ashgate, 2001).

8）Mary Summers, *Anne Brontë : Educating Parents* (Beverley, UK : Highgate, 2003).

9）森松健介「アン・ブロンテの詩の構造—その絶筆を読む」『人文研紀要』第47号（中央大学人文科学研究所、2003年）。

10）"International George Eliot Conference August 2004 : Challenging Perceptions."

11）井坂洋子「新刊・私の◎○　単行本」『朝日新聞』1996年5月26日朝刊読書面。

12）F. R. Leavis, "Note : 'The Brontës' ", *The Great Tradition* (1948 ; Harmondsworth : Penguin, 1983) 39.

第一章　『アグネス・グレイ』

テクストは、Anne Brontë, *Agnes Grey*, ed. by Hilda Marsden and Robert Inglesfield（Oxford : Oxford University Press, 1988）。以下、本書からの引用は、このクラレンドン版によるものとする。日本語訳はすべて著者による。

1）Janet H. Freeman, "Telling over *Agnes Grey*," *Cahiers Victoriens et Edouardiens* 34 (1991) : 109-126.

リチャードソン，サミュエル
Richardson, Samuel　132
『クラリッサ』（*Clarissa, or the History of a Young Lady*）　45
『サー・チャールズ・グランディソン』（*Sir Charles Grandison*）　45
『パミラ』（*Pamela, or the Virtue Rewarded*）　40-41, 132
リントン，イザベラ
Linton, Isabella　84, 85, 88, 90
リントン，エドガー
Linton, Edgar　72, 79, 84-85, 87-88
リントン，キャサリン（娘）
Linton, Catherine　69, 81, 85, 87-89
ルイス，G. H.
Lewes, G. H.　57, 74
ロウバラ卿
Lowborough, Lord　33, 51, 54-55, 100
ロウ・ヘッド・スクール
Roe Head School　123
ロックウッド
Lockwood　33, 63, 68, 72, 81, 90
ロビンソン家
The Robinsons　26, 118
ロビンソン家の令嬢たち
Robinson, Lydia Mary, Elizabeth Lydia, and Mary　114-115, 121
ロビンソン夫人
Robinson, Lydia　97, 99
ロブソン氏
Robson, Mr　11
ロマン派的　32, 38, 105, 134
『ロミオとジュリエット』
（*Romeo and Juliet*）　61
ロレンス，D. H.
Lawrence, D. H.　53, 58, 132, 134
『恋する女たち』（*Women in Love*）　55, 76
『虹』（*The Rainbow*）　55, 76
ロレンス，フレデリック
Lawrence, Frederick　33, 37-39, 41, 51, 55, 57, 59, 62, 64

ワ　行

ワーズワース，ウィリアム
Wordsworth, William　33, 59
ワイルドフェル・ホール
Wildfell Hall　33, 38, 58, 60, 69
ワザリング・ハイツ
Wuthering Heights　69
『われらが共通の友』
（*Our Mutual Friend*）　1

25 , 30-31, 33, 54, 57, 62, 71, 74-75, 81, 84, 92-95, 111, 113-116, 118-120, 122-123, 129, 131, 133-134
『教授』(*The Professor*)　15, 69, 71
『ジェイン・エア』(*Jane Eyre*)　1, 2, 7, 56, 71, 74, 117-118
『シャーリー』(*Shirley*)　57, 71
『ヴィレット』(*Villette*)　2, 71, 123
ブロンテ，ブランウェル
Brontë, Patrick Branwell　13, 15 , 30, 58, 74, 93-94, 97, 99, 106, 113, 115, 129
ブロンテ師
Brontë, Revd Patrick　84
ベネット，エリザベス
Benett, Elizabeth　57
ベリー，エリザベス・ホリス
Berry, Elizabeth Hollis　24
ペンバリー
Pemberley　57

マ　行

マーカム，ギルバート
Markham, Gilbert　30, 33, 36-39, 41-45, 47, 51, 54-55, 57-65, 68, 70, 73, 85, 104, 110
マーカム，ローズ
Markham, Rose　33, 38
マイアズ嬢
Myers, Miss　86
マリ，ロザリー
Murrey, Rosary　10, 16, 27, 31, 38, 121
身内の愛
friendship　99
未成年者監護法
Custody of Infants Act　71, 76, 83, 86
未成年者後見法
Guardianship of Infants Act　71, 76, 83, 86
ミルワード，イライザ
Millward, Eliza　61
ミルワード師，マイケル
Millward, Revd Michael　85
ムア，ジョージ
Moore, George　19
ムア，ルイ
Moore, Louis Gérard　57
森松健介　3, 97-98, 101

ヤ　行

山口弘恵
『アン・ブロンテの世界』　3
幼児虐待　60
ヨークシャー
Yorkshire　4, 116, 129
ヨーク大聖堂
York Minster　122
予定説
predesitination　123, 129

ラ　行

ラッダイト運動
Luddite riots　71
ラドクリフ，アン
Radcliffe, Ann
『ユードルフォの神秘』(*The Mysteries of Udolpho*)　19
ラブレス
Lovelace　45
ラングランド，エリザベス
Langland, Elizabeth　18, 97
リーヴィス，F. R.
Leavis, F. R.　4
『リーズ・マーキュリー』
Leeds Mercury　78

索引

ブロンテ，アン
　Brontë, Anne　1-4, 6-7, 12-13, 15, 18-19, 21, 25-26, 28, 30-34, 38, 42, 50, 53-54, 56-60, 62-64, 67-69, 71, 73-74, 77-78, 92, 94-95, 97, 99-101, 104-105, 107, 110-111, 113-116, 118-124, 126-129, 131-134
　小説
　　『アグネス・グレイ』（*Agnes Grey*）5-6, 12, 15-16, 18-19, 24, 26, 31-32, 40, 60, 74, 104, 117-118, 121, 131
　　『ワイルドフェル・ホールの住人』（*The Tenant of Wildfell Hall*）1-3, 16-17, 30-32, 44, 47, 54, 57-58, 63, 65, 67-70, 72, 74, 77, 79, 81-82, 85-86, 88, 94-95, 100, 102, 104, 110, 118, 121, 126, 128, 132-133
　　『ワイルドフェル・ホールの住人』（BBC製作のテレビドラマ）59-65
　　『ワイルドフェル・ホールの住人』第二版への序文　38, 40, 93, 107
　詩　133
　　「アレクサンダーとゼノビア」（"Alexander and Zenobia"）102
　　「いくつかの人生観」（"Views of Life"）108
　　「うた」（9月3日付）（"Song"）107
　　「うた」（9月4日付）（"Song"）107
　　「おお神よ！ もしこれが本当に全てなら」（"O God! If this indeed be all"）99, 105-106
　　「風の強い日　森で書いた詩行」（"Lines Composed in a Wood on a Windy day"）21, 105
　　「三人の案内者」（"The Three Guides"）108
　　「自己省察」（"Self-Communion"）99, 105, 107-108
　　絶筆（"A dreadful darkness closes in"）99
　　「たとえ太陽が私の空からいなくなったとしても」（"What though the sun had left my sky"）108
　　「断片」（"A Fragment"）104-105
　　「ブルー・ベル」（"The Bluebell"）105
　　「夜」（"Night"）105
　　離別Ⅰ（"The Parting"）102
「私を呼んで、行かせて下さい」（"Call Me Away"）97-102
　手紙　134
　手紙（1847年10月4日付）115-116
　手紙（1848年1月26日付）117-118
　手紙（1849年4月5日付）118-120
　手紙（1848年12月30日付）123-126

ブロンテ，エミリ
　Brontë, Emily Jane　13, 15, 31, 63, 67-69, 71, 74, 77, 89, 91-95, 97, 111, 113, 116, 118, 121-122, 127, 129, 133-134
　『嵐が丘』（*Wuthering Heights*）1-2, 16, 33, 63, 67-70, 72, 74, 77, 79, 81, 85-90, 94, 116-118, 133

ブロンテ，シャーロット
　Brontë, Charlotte　1-2, 7, 12, 15,

5

ハ 行

タ　行

ナ　行

サ　行

索　　引

著者略歴

一九六三年生まれ。早稲田大学文学部卒業。東京大学大学院人文科学研究科博士課程単位取得満期退学。駒沢女子大学人文学部専任講師、助教授を経て、二〇〇三年四月より中央大学文学部教授。専門はイギリス小説。著書に『ジェイン・オースティンを学ぶ人のために』（共著、世界思想社）、『ジョージ・エリオットの時空』（共著、北星堂書店）、『シャーロット・ブロンテ論』（共著、開文社出版）、『なぜ『日陰者ジュード』を読むか』（共著、英宝社）など。歌人としての仕事に歌集『きらい』（河出書房新社）、『水の乳房』（北冬舎）、『飛ぶ練習』（北冬舎）など。

二〇〇七年一一月一五日　初版第一刷発行

アン・ブロンテ　二十一世紀の再評価

著　者　大《おお》田《た》美《み》和《わ》

発行者　福田孝志

発行所　中央大学出版部

東京都八王子市東中野七四二番地一

電話　〇四二（六七四）二三五一

ＦＡＸ　〇四二（六七四）二三五四

印　刷　株式会社　大森印刷

製　本　大日本法令印刷製本

　ISBN978-4-8057-5165-7

本書の出版は中央大学学術図書出版助成規程による。